人文阅读与收藏·良友文学丛书

舒乙题

U0863138

原丛书主编：赵家璧

特邀顾问：舒　乙 赵修慧 赵修义 赵修礼 于润琦

出 品 人：马连弟
监　　制：李晓琤
执　　行：张娟平
统　　筹：吴　晞 姚　兰
装帧设计：赵泽阳

特别鸣谢（按姓氏笔画排列）：
韦　韬 叶永和 李小林 沈龙朱 陈小滢 杨子耘
张　章 周　雯 周吉仲 舒　乙 蒋祖林 施　莲
姚　昕 俞昌实 钟　蕻 郑延顺 赵修慧
以及在版权联系过程中尚未联系到的作者或家属

特别鸣谢：
上海鲁迅纪念馆
北京鲁迅博物馆
北京大学中国语言文学系
复旦大学中国语言文学系
中国作家协会权益保障委员会

人文阅读与收藏·良友文学丛书

四三集

叶圣陶 著

中国国际广播出版社

良友版《四三集》精装本封面

良友版《四三集》平装本封面

良友版《四三集》扉页

良友版《四三集》编号页

良友版《四三集》版权页和内文第一页

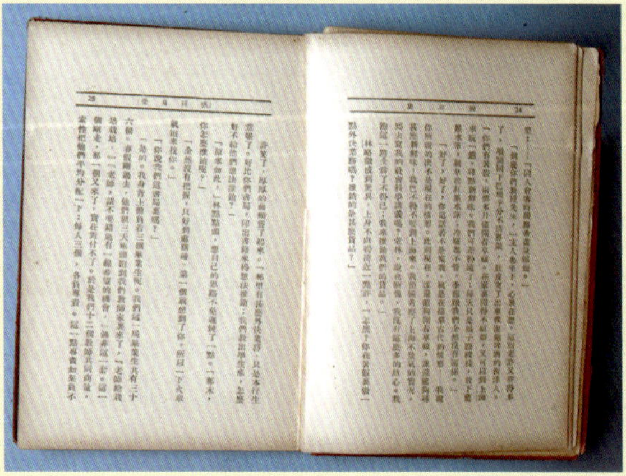

良友版《四三集》内文

《良友文学丛书》新版出版说明

二十世纪三四十年代，著名编辑赵家璧在上海良友图书公司老板伍联德的支持下，历经十余年，陆续出版《良友文学丛书》，计四十余种。其中三十九种在上海出版，各书循序编号，后出几种则无。该套丛书以收入当时左翼及进步作家的作品为主，也选入其他各派作家作品。其中小说居多，兼及散文和文艺论著；第一号是鲁迅的译作《竖琴》。丛书一律软布面精装（亦有平装普及本），外加彩印封套，书页选用米色道林纸，售价均为大洋九角。

《良友文学丛书》选目精良，在现在看来，皆为名家名作；布面精装的装帧更是被许多爱书人誉为“有型有款”。不可否认，在装帧设计日益进步的当下，这套出版于二十世纪三四十年代的丛书外形已难称书中翘楚，但因岁月洗汰，人为毁弃，这套曾在出版史上一度“金碧辉煌”过的丛书首版已然成为新文学极其珍贵的稀见“善本”。

在《良友文学丛书》首版八十周年之际，为满足现代普通读者和图书馆对该丛书阅读与收藏的需求，我们依据《良友文学丛书》旧版进行再版（四种特大本不在其列)。本着尊重旧版原貌的原则，仅对旧版中失校之处予以订正。新版《良友文学丛书》采用简体横排的形式，以旧版书影做插图，装帧力求保持旧版风格，又满足当下读者的审美趣味。希望这一出版活动对缅怀中国出版前辈们的历史功绩和传承中国文化有所裨益，也希望广大读者多提宝贵意见和建议，以便我们把日后的工作做得更好。

《良友文学丛书》新版校订说明

一、本丛书收录原良友图书公司编辑赵家璧主编《良友文学丛书》共四十六种（四种特大本不在其列），乃为目前发现且确系良友版之全部。

二、此番印行各书，均选择《良友文学丛书》旧版作为底本，编辑内容等一律保持原貌，未予改窜删削。

三、所做校订工作，限于以下各项：

（1）将繁体字改为简体字；

（2）原作注释完全保留；

（3）尽量搜求多种印本等资料进行校勘，并对显系排印失校者在编辑中酌予订正；

（4）前后字词用法不一致处，一般不做统一纠正；

（5）给正文中提到的书籍和文章及其他作品标上书名号，原作书名写法不规范、不便添加符号者，容有空缺；

（6）书名号以外其他标点符号用法，多依从作者习惯，除个别明显排印有误者外均未予改动。

目　次

自　序

印在这本集子里的几篇东西，同以前的东西一样，都是由杂志编者逼出来的。信来了不止一封，看过之后，记在心上，好比一笔债务，总得还清了才安心。于是提起笔来写作，虽说不愿意十分撒烂污，然而“半生不熟”“草率将事”的毛病总不能免。很想望有这么一个境界：不受别人的催逼，待一篇小说自自然然地结胎，发育，成形，然后从从容容地把它写出来。述样写成的小说，别人看来怎样且不要说，大概会教自己满意一点吧。可是，既已生在一个非催逼不可的时代，这种境界就只能想望，无从实现。应该修炼的是虽然受着催逼，却仍然能够自自然然地，从从容容地，写出至少教自己满意的东西来。这一套工夫完全不成，以后拟加以修炼。

这本集子的编排，破例地废除了以前习用的“编年”的办法。新办法是“以类相从”，把大略有着关联的几篇排在一起，以增加读者的观感。——真是“大略”而已，要严格地寻求所谓“类”是很难的，小说集子不比“分类活叶文选”。其中多数是近一年来的习作。然而也有八九年前的旧稿，就是那篇《冥世别》。以前编集的当儿，那篇东西漏了网，未免有一点“敝帚自珍”的心情，觉得可惜。直到去年，才从一个纸包里检到了原稿，现在就把它收在这里。有少数的几篇是童话，在《新少年》登载过。童话本是儿童的小说，“文学概论”的编者固然要严定区别，但是实际上未尝不可和小说“并家”。这样想着，也就把它们收在这里。

编一本集子，必须定个名字，以便称谓。定名字很不容易，于是想到取巧的办法：这本集子是四十三岁这一年出版的，就叫它《四三集》吧。四十三是“中国算法”，扣实足算，四十二还不到一点。然而“户口调查表”上是照“中国算法”填的，其他需要填具年龄的地方也一向这么填，因此，现在不再更改，以免不符。

末了，对于“催逼”我出版这本集子的赵家璧先生谨致感谢。

一九三六年八月，叶圣陶。

半　年

半年里头，我进了两个学校。下半年进那一个学校，现在还没有知道呢。

年头上，我家搬到上海来，爸爸妈妈送我进那个文明小学。那个学校里的同学，有许多是包车送来的，中午吃饭，下午放学，也是包车来接。又有十来个同学，来回都是汽车。娘姨坐在旁边陪着，不然就是男用人。有几辆汽车，汽车夫旁边坐着罗宋人，头发同黄牛毛一样颜色。我家离开学校近，不用坐甚么车，不是爸爸就是妈妈带着我，走一会儿就到了。过了十来天以后，我可以一个人来去，不用爸爸妈妈带了。

那个学校里只有校长是男先生，以外都是女先生。我在二年级，女先生叫做张先生，她披着一头的曲头发。她自己每天穿新衣服。她也喜欢我们穿新衣服。谁穿了新衣服到学校，她就“趣呀”“漂亮呀”说上一大堆，拉住他的手，把他抱在怀里。她常常对我们说：“你们家里有新衣服，不要舍不得穿。小朋友个个都穿新衣服，我们的学校才好了。”

一天放学的时候，她对我说：“你这一件棉袍子，袖口都破了，还舍不得换一件吗？明天再不要把它穿来了。最好不要穿袍子，穿袍子没有精神。最好像江成他们那样，穿一身小西装，又好看，又有精神。”

她这么一说，我也觉得棉袍子不好看，江成他们的小西装好看。回到家里，就把她的话告诉妈妈，我说我要赶快做一身小西装。

妈妈说：“做一身小西装，那有这么容易？我替你把袖口缝一缝吧。”

我说：“张先生对我说过，明天再不能把它穿去了。小西装不容易做，换穿一件别的衣服去吧。”

妈妈说：“缝好了袖口，就没有甚么了。现在天气还冷，不穿棉袍子穿甚么呢？”

我说：“随便甚么新衣服都好的。”

妈妈拍拍我的肩膀，说：“孩子，你那里有甚么新衣服？”

我着急了，心里好像压了一块砖头。当天晚上我做了梦。梦见张先生抱住我，“趣呀”“漂亮呀”说上一大堆。我看自己身上，正是一身小西装，比江成他们的都好看。不知道怎么一来，我的小西装忽然没有了，骇得我拉直了喉咙哭起来……

第二天早上，妈妈还是教我穿那件棉袍子。我真想赖学，只是没有名目，身上不发烧，嗽也不咳一声。爸爸说："上学去吧，"我只好跟着他走。

张先生看见我了，立刻拉住我的肩膀，骂我说："怎么还是穿这一件棉袍子！昨天不是关照过你，教你再不要把它穿来吗？"

她的面孔很可怕，像《图画故事》里的凶恶的狮子。我不敢看，看着地板，回答她说："妈妈说的，现在天气还冷，只有穿棉袍子。袖口破的地方，她替我缝好了。"我把手举起来，让她看袖口。

她把身子转过去，不要看我的袖口。她狠狠地说："真要命！一件衣服都换不出，还读甚么书！"她跑开去了。

几个同学站在我旁边笑。我很难过，只想躲到甚么地方去。

过了两三个星期，张先生教我们捐钱买飞机。她说，谁捐满两块钱，就有一个很好看的徽章，金黄的底子，刻着一架小小的飞机。我回家就告诉爸爸妈妈，我也要捐两块钱。他们说："我们不想捐。"我没有法子想，只好让别人去得到那很好看的徽章。我又想，说不定那徽章并不真好看，比我的嵌花玻璃球差得多呢。

许多同学都捐了钱。有的是今天四角，明天四角，一天天加起来。有的是一回就是两块三块。李克修最多，他一回捐了六块钱。张先生把他们的名字写在小黑板上，下面写着捐钱的数目，李克修的名字上头特别加上三个圈。她每天报告说：“今天又有几个小朋友捐了钱，我很欢喜。”她又说：“谁能像李克修一样捐得多，我就更欢喜了。”

捐满两块钱的都得到了徽章，真好看，比我的嵌花玻璃球好看得多。一架小小的飞机正在斜飞，开飞机的人都看得清楚。金黄的底子好像布满太阳光的天空。一条短炼条也是金黄色。只要用一只别针，就可以挂在衣襟上。我在学校里跑来跑去，时常碰见挂上徽章的衣襟。我的衣襟上也要有一个徽章才好呢。

我又对妈妈说了：“每天捐一角钱两角钱，捐满了两块钱就不捐，好不好？”

妈妈说：“爸爸说过不捐了。我想，捐不捐本来随便的。你不捐也没有甚么要紧。”

唉，妈妈不知道我的心！我要一个好看的徽章，我要得到一个徽章挂在衣襟上。

可巧张先生问到我了。她说：“你为甚么一个钱也没有捐？你看，许多小朋友差不多都捐了。今天回去问一声你爸爸妈妈，到底捐多少。明天就把钱带来。”

我高兴得很，跑到家里撞见爸爸，就对他说：“张先生教我问一声爸爸妈妈，到底捐多少钱。”

爸爸说：“我老早说过了，我们不想捐。你就这么回答张先生好了。”

我说：“不，张先生教我明天带钱去呢。”

爸爸笑了。他说“我们不捐，带甚么钱去！”

唉，爸爸也不知道我的心！我要一个好看的徽章，我要得到一个徽章挂在衣襟上。

我想到张先生的狮子样的面孔，又巴望能得赖学。但是我没有真个赖，第二天还是到了学校。我不敢给张先生看见，她走过来，我就避开。

上课的时候可避不开了。她走进教室来，第一个就问我：“今天把钱带来了没有？”

我只好老实说：“爸爸说的，我们不想捐。”

狮子样的面孔果真出现了。她大声说：“吓，一点爱国心都没有，还读甚么书！”

我把她这句话念熟了，回去背给爸爸听。爸爸说：“那就不要到这个学校里读书吧。待我打听打听，送你进别的学校去。”

我就此不做文明小学的学生了。想起那徽章，实在好看。可惜爸爸不肯捐钱，没有弄到一个挂在衣襟上。

不多几天，爸爸打听到一个学校了，叫做进化学校，有小学，也有中学，就把我送进去。那一天下雨。走进门，一个小操场上全是鞋印，每一个鞋印积着一片水。我们用脚尖点过去，皮鞋头沾了厚厚的一层泥。

校长叫做王先生，一个大胖子，面孔好像一直在那里笑。爸爸付给他学费，他说了不知多少声的“谢谢”，然后把钞票放进一个小皮夹里。他对我们说，二年级的级任叫做小王先生，是他的儿子。

小王先生年纪很轻，叫他先生，还不如叫他哥哥。他上课总给我们讲故事，老雄鸡的故事讲完了，大家叫喊：“小王先生，再讲一个！”他就再讲老母鸡的故事。有的时候叫得他动怒了，他就走过来，举起教鞭，好像要打的样子。真个打的时候也有，教鞭落在臂膀上肩膀上或者手上。我没有给他打过。不是我不叫，不过叫得轻一点，他没有听清楚。

那个学校里的桌子椅子，比文明小学差得远了。木板裂了缝，黑漆退了色。时常听得“拔达”一声，抽屉掉下来了，书纸笔墨散了一地。我同一个塌鼻子的同学合坐一把椅子。椅子脱了笋，那个塌鼻子的同学没有一刻停的，我就好像一直坐在电车里。

那个学校里，同级的同学比文明小学少得多，只有三十一个，文明小学有五十八个呢。别级的同学也并不多，我站在别级的教室门口看看，总有十来把二十来把空椅子。进校的第一天，王先生对我爸爸说的：“今年年成不好，中学小学一共只有两百多学生。前年最好，有到四百五十三个呢。”

文明里有花园，有放在花园旁边的绿色小长椅，有秋千架，有浪船，有小图书馆。这些东西，进化里都没有。文明里好玩。进化里一点没有好玩的，散了课只好在小操场上乱跑，雨天就靠在廊柱上看一条条的雨线。不过张先生变起狮子样的面孔来，我真害怕。小王先生要打人，但是他并不打我。他待我很好，说我清洁，又说我功课好，读书写字者是个“优”。我有点欢喜文明，也有点欢喜进化。

一天，学校里出事了，大的同学小的同学在操场上挤做一堆，大家喊说：“我们不上课了！”小王先生把我们二年级生招到教室里去，还是给我们教“国语”。外面的声音闹得利害，谁还有心思听他讲甚么。他没有办法，只好说：“你们回去吧，今天不上课了。”

我提了书包走回去，听同学在那里讲，才知道王先生欠了几位先生的钱，拿不出来，几位先生要他拿出钱来才上课，他躲起来了，几位先生也就不上课了。

第二天，我到学校里去，小王先生也不见了，只见大的同学小的同学还是在操场上挤做一堆，预备室里几位先生在那里抽香烟。

一个穿青色衬衫的大的同学忽然喊起来：“我们拥护我们的教师！我们要向校长算帐！”

许多同学跟着喊起来：“我们拥护我们的教师！我们要向校长算帐！”

我想课是上不成了，也没有人来教我做甚么，我就回到家里。妈妈说：“明天也不必去了。那一天上课，总会来通知的。”

过了三四天，邮差送来两封信，都是进化学校的信封，里面的信都是油印的。我想是来通知上课的日子了。妈妈看了，告诉我说：“不是的。一封是校长写的，他说实在拿不出钱来，并不是有意欠教员的钱。一封是教员写的，把校长大骂一顿，说，若不拿出钱来，就请他吃官司。”妈妈又说：“我们又不是他们的上司，把这些话来告诉我们做甚么。”

通知上课的信一直没有来。爸爸看了报，知道校长还是躲在甚么地方不露脸，教员把他告到教育局里去了。我想起校长好像一直在那里笑的面孔，不知道他是不是还在那里笑。

一个新开学校的招生信倒寄来了。叫做维新小学，开在逢源里，就是进化里的几位先生开的。信里说，他们不愿意让进化的学生没有书读，所以开起这一个学校来，进化的学生如果去报名，学费可以特别便宜。

爸爸妈妈看了信，差不多一齐说：“再说吧。少读几天书也没有甚么要紧。”

维新小学的信接连来了四五封，在后几封，爸爸妈妈差不多不看了，就丢在字纸篓里。他们的意思，要把我送进一个好一点的小学去。如果离开得远，预备搬一回家。

但是问了两三个好一点的小学，都说眼前是不收，下半年收不收，要看有没有空额子。爸爸对他们说："让我先报一个名吧。"他们把我的名字记在一本簿子上。

就是这样，半年里头，我进了两个学校。那一个好一点的小学有空额，下半年让我进去，现在还没有知道呢。

投 资

我满头是汗，从三等车的门口挤下来，脚踏着月台的水门汀地；我踏着了上海的地土。一只小皮箱提在右手里，一把洋伞挟在左腋下，一个小纸包藏在里面小衫的左边的袋子里。一个脚夫慌忙地奔过，在我身上撞了一下，我的左手便机械似地按到胸腹交界的部分。在，位置一点没有动，小纸包依然酣睡在袋子里。我舒了一口气，把脚提得高一点，急速地向前走。

离开家庭虽然还不满五个钟头，我的两只手按到胸腹交界的部分却不知有多少回了。我身上从来没有带过这么多的钱。两百五十块，全是中国银行的钞票，五块的。放到了袋子里，妈妈替我在袋口缝了两针，这可称稳妥了；可是两只手并不就此放心，还是要轮替地按，按，按，好像犯了胃病似地。

爸爸把这一叠钞票授给我的时候，他的白皙而露出青筋的手微微发抖，他说："这里两百五十块，要当心！

到了上海，就寄存在伯伯那里，等考取了缴费再向他拿。”

爸爸对于金钱是颇爱惜的。但是支出巨量的可爱的金钱作资本，博取比资本多至多少倍的赢利，这样的机会究竟不宜错过：这是他授给我钞票时的心情，我知道。

我接钞票在手，一张一张地数了一遍，又取一张报纸包起来；同时我感到一阵说不出所以来的惭愧，好像我占了爸爸的便宜，好像我抢了爸爸的东西。还有，爸爸说等考取了缴费，我果真能考取么？自己的实力自己知道得清楚：“英”“国”“算”勉强及格，什么功课都只浮浮地记得一些轮廓，我果真能考取么？倘若命运判定我无从缴费，这包钞票只得原封不动地缴还爸爸，那时候，爸爸的心情又将怎样呢？

坐在三等车里，我无心玩赏两岸的水田，无心观看南翔以东日兵轰炸的痕迹，也无心听同车旅客此呼彼应地谈着身边私事以至国家大事；我只是茫茫然，刚才的说不出所以来的惭愧尽盘踞着不去，失望的豫兆又似乎一回清楚一回地在心头露脸。于是，我的两只手轮替地按到胸腹交界的部分去。

“元官！”

听得有人唤我的小名，我定睛看去，逆着人群的潮而来的是伯伯家的用人阿根。我心里一松，好像已经到了伯伯家里了。

饭后，伯伯吸着雪茄，眼睛似闭不闭的。我坐在他旁边；看到他的头发，心想去年他去看我们时，白发还没有这么多。电扇轻匀地旋转着；当窗的帘子直垂到地，一动也不动。

“你到底要去考大学，”伯伯吐了一缕白烟，看着我说。

“爸爸说的，不考大学也没有地方好去；况且，大学毕业究竟是个资格，这笔钱花了也值得的。”

“因此，就决意投资了？”伯伯的口吻是在讥嘲他的弟弟。

“是这样，”我用写实的态度作答。

“没有话说，我们的生活是被注定了浸渍在投资里头的。”伯伯转为感叹的调子说：“我从前投资进大学，出了大学，当教师取盈利；后来因为当教师没意思，辞掉了，搞一个厂，直到如今，岂不是仍然不出投资的范围？现在你又要去投资了！”

“我担心的是只怕考不进大学，”我不知道伯伯何所为而感叹，难道他也学着青年人的样转变了意识么？虽这样想，我并不问他，却把我的心事透露了出来，意思是要他作我的参谋，使我有点儿把握。

“没有的事！”伯伯摇头，坚决地说。“几曾见先施永安拒绝过钱袋充足的人？你带来有两百五十块钱，大学也决不会拒绝你。”

“到底要看程度的，”这样说时，我就想到各大报第一二两张的广告页以及教育新闻栏，这个大学的校长是某伟人，教授是某某某某等学者，那个大学的校长是某大家，教授是某某某某等学者，难道他们不用精密的天平称量程度，说胡乱录取新生的么？以伟人的身分，大家的身分，学者的身分，我相信他们决不至于如此。

“你到过大世界么？”伯伯发了这突兀的问，重又吸他的雪茄。

“前年跟妈妈来上海，去过的。”

“你不要把大学看做怎样庄严怎样了不得的所在；这里一个大学就是一个大世界。甲教授在A一讲堂讲他的那一套，乙教授在B三讲堂讲他的那一套；这和人人笑在三楼表演口技，王美玉在二楼唱文明新戏情形相同。男学生趿着拖鞋来了，女学生带着胭脂盒小镜子来了，听得不合意，就换过一个讲堂，或者索性走到场上看新开的花儿，回到寝室睡午觉去；这和大世界的游客又有什么两样？”

“嘻，”我笑了；如果我能够考进，大学的趣味一定不坏，比较中学当有绝然不同的地方。

“不过，”伯伯接续说，“一张大世界游券只消两角钱，大学却贵得多了。所以大学的游客远不及大世界那么多，是不是？你既端正了两百五十块钱，你就具备了游客的资格，当然进去就是，还有什么问题？”

“我想多考几个大学，”我终于把这几天私下里盘算的结论和伯伯商量。

“这有什么不可以，只要考试日子不冲突就好了。”伯伯示意给我，那收音机旁边有着当天的报纸，“我们把各大学的广告来看一看吧。”

我在三个大学报了名。考试日子并不冲突，甲大学最先。

我走进甲大学的门，“大世界，”这一念突然窜入我的意识。煤屑路通到各所散处的建筑，各色的大丽花在路旁堆着笑脸。那些建筑像玩具似地摆在地面上，洞开的窗孔里会有玩偶的脸探出来吧。我听着自己的脚步声，悉刹，悉刹。偶然有一两个青年追过了我前去。草场上点缀着十来个青年男女，粉红衫，淡灰色西服，飘飘的长衫。这境界空旷清静，好像梦中一样。我不禁想，游客到得还不多呢。

第一场考国文。我接到题目纸，作文题是《为政以爱人为大说》。这大概是一句成语吧，可是不知道出在什么书上。不知道也不要紧；“为政”和“爱人”的意思我都懂得。既已说明“为政以爱人为大”，我给说出一点“以爱人为大”的理由就得了。啊！下面括弧里还有四个小字——“体限文言”，这可叫我为难了。我生平就没有作满五回文言。国文先生常常说，“这回试作文言吧，”我想写语体何尝不是我的意思，照旧交了语体；只有几回考试，先生也特别声明着“体限文言”，我没法，才像乡下人学说官话那样勉勉强强完了卷。我不懂那班先生抱的什么主意，一贯地唠叨着“文言”“文言”；他们到底要试验学生的思想见解呢，还是要试验学生的“文言”？

总之，又得勉勉强强“文言”一下了。下面密密细细的是四十个测验题。太多了，我的眼睛在纸面上跑马，认清的字眼好比马蹄着落的地方：“屈原”，“相如”，“山水方滋”，“《十三经》”，“宋儒”，“雕龙”，“敦煌”，“鲁迅”，“《三国志》”，“《三国志演义》”，“《四愁》”，“三家诗”，“颜李”，“今文”，“小学”，“三言二拍”，“鹅湖鹿洞”，“禅宗”……我和这些字眼的小半固曾有过往来，但大半是初次会面，我能全作这四十题么？

我抬起头来，右边的粉红衫吸引我的注意。是仕女图里那样的娇柔面目，怅然的眼光直望着前面的黑板；两个手腕压在桌面的题目纸上，手指无意识地玩弄着翠绿的女式自来水笔。

如果题目凑巧，我下笔顺利，她也不致怅然直望；我们不就是将来的同学么？现在，我见了“体限文言”四个字烦心，眼睛跑马又碰到了一大半的陌生字眼，她也像钩起了什么愁思似地呆在那里；我们中间恐怕结不起同学的关系了吧。

我这样想，移过眼光也向前望。瘦脸的监试员的背后，一方大黑板挂得似乎高了一点：有些地方黑漆脱落了，露出两块木板间的拼缝；在左首的上方，留着用硬粉笔写的刷不干净的字迹——并排的三个“打倒”；“打倒”上面，歪斜地写着‘One hour with you’。

早上，报纸送来了，我怀着尝试魔法的心情，翻看第一张广告页上刊布的丙大学的录取新生案。

我把小铅字排着的人名一排排看下去。啊，也考上了，第五排左首第一个不是我的名字么？我不相信我的眼睛，再把这三个字逐个一笔一笔地看，没有错，的确是我的名字。

几天里头，我的名字三次被刊布在报纸上了，这是可能的事么？不要是梦里吧，我不禁这样想。

我的一叠中国银行钞票付给那一家大学的会计课好呢？

“感同身受”

“今天才到?”

“刚刚到。一到就跑到书局里来找你。”

两只右手拉在一起，似乎要松脱了，彼此又紧握一阵，这样三四回，才真个放了手。

“怎么样? 放了假了?” 主人看定满头油汗的来客，给他拉开一把藤椅子，让他坐下。

“放了假了。” 来客把皮书包放在桌子上，一屁股坐下，连忙解开西服衬衫袖口上的钮扣。对面白墙上，那块蓝地白字的牌子依然钉在那里：——“同人会客时间务希尽量缩短。”

“到底你们教授先生，” 主人也坐下，心里在想，这回老许又胖得多了，项颈同下巴几乎分清界限，肚皮突了出来像灌饱啤酒的西洋人。“你们有暑假，两个多月尽闲着享福。在家里闲得不耐烦，又可以到上海来玩一趟，寻点新鲜味。我们可差得远了：每天只是稿子跟校样，放下蓝墨水笔，就拿起红墨水笔；冷暖都不管，季节跟我们全然没有关系。”

“好了，好了，你这话若不是冤我，就是在描摹古代的情形——我说你所说的决不是现在的情形。此刻现在，谁还能够闲着享福，谁还能够寻甚么新鲜味！我巴不得不要到上海来。我预备考察了上海不景气的实况，回去写我的社会科学讲义吗？老林，说也惭愧，我没有这么多的热心。我跑这一趟全为了不得已；我来推销我们的货品。”

林略微感到惊异，上身不由得凑近一点许，“怎么？你在暑假里做一点外快业务吗？推销的是甚么货品？”

许笑了，厚厚的面颊耸了起来。“那里有甚么外快业务，只是本行生意罢了。好比你们书局，印出书籍来得想法推销；我们教出学生来，怎么好不给他们想法推销？”

“原来如此，”林点点头，想自己的思路不免迟钝了一点。“那末，你怎么推销呢？”

“全然没有把握，只好到处瞎碰。第一个就想到了你，所以一下火车就跑来找你。”

“你说我们这书局里吗？”

“是的。我身背上担负着三个毕业生呢。我们这一届毕业生共有三十六个。春假刚过去，他们就三天两头跑到我们教师家里来了，‘老师给栽培栽培，’‘老师，请不要错过有一线希望的机会，'无非这一套。这一个刚走，那一个又来了，实在对付不了。于是我们十二个教师共同商量，索性把他们平均分配一下：每人三个，各负专责。这一点专责如果负不来，往后怎么好意思再踏上教台，受那些未来毕业生'老师，老师'那么亲密的称呼？然而一个也难，何况三个？我想，你们书局里总该可以想一点法子吧？不要说三个，能解决一个就行，还有三分之二我再到别处去想法。报酬也不希望多，有三十块钱就足够了。三十块钱用一个大学毕业生，老林你想，多么便宜的交易？"

林冷然说，"也差不多。我知道有一个法国留学生，在南京一个机关里誊写法文稿件的蜡纸，月薪是三十五块钱。"

"真的吗？这且不要管他。你们这里，添个巴助理编辑，想来总用得着。不是吹牛，我的货品都刮刮叫：一个是第三名，一个第七，一个第八，他们都有撰稿的经验，在报纸杂志上露脸，也不止一回两回了。如果助理编辑不需要，当校对员也行。我知道，校对是一种特殊的技术，不是谁都弄得来的。但是他们愿意学习，他们曾经这么说，'只要是一条出路，挑担子，拿斧头，都愿意学习。'不然，就是缮写员也可以。毛笔工楷当然不见怎么好，几个钢笔字却还看得上眼。总而言之，老林，我的三分之一专责要放在你身背上了。"

许把来意倾筐倒箧说了出来，心头仿佛松快了一点。这才觉得坐定在这小小的会客室里，比较坐在黄包车上一路晒过来更其热不可耐。他就脱下白帆布的外衣，把它楞在另一把藤椅子的靠背上。身上纺绸衬衫的两腋部分，各沾着饭碗大的一摊湿漉漉的汗迹。

“不行，”约莫挨延了半分钟光景，林摇摇头说。“老许，你没有留心看报纸吗？全部书籍对折大廉价，甚么甚么书籍八大厚册十大厚册，只卖八毛钱一块钱，这些是今年来常见的广告。书业正同其他各业一样，犯着循环系统极度衰弱的病症，不得不一回两回地打强心针。这当儿，能够支持现局已经算好了，那里还谈得到添人？”说到这里，就停住了，似乎不愿意多说的样子。

“这样吗？”许怅然望着林的大圆眼镜。

“千真万真。对于你，还说甚么假话？”

“唉，这样的大学教育真糟糕！给一个大学生读到毕业，公家总得花上几千块钱，他自己家里拿出来的也不在少数，结果连三十块钱的事情都找不到：还说不上失业，简直是无业！这是何等严重的问题！”

“老许，我的看法跟你不同。我们中国无业的人失业的人不知有多少，而且也不自今日始，好像一直不成为严重的问题。大学毕业生号称知识阶级，受人家注目，他们自己嘴同笔又都来得，他们无业或者失业了，就成为严重的问题。其实，天下没有一个人命中注定，说是不该无业或者失业的。在身上多花了几个钱，就能取得‘不该’的资格吗?”

“你那里来这种冷酷的想头?”

“并不冷酷,”林笑一笑说。“只是公平的想头罢了。不过这一层也是事实：在先前，无业失业的浪潮离开知识阶级还远一点，现在是把知识阶级非知识阶级一股脑儿卷进去了。”

“我们也会给它卷进去!”许呆看着桌子上的皮书包。忽然省悟这样谈下去未免离开了题目，就抬起眼光来，“这且不说。我问你，我的三分之一专责，你们这里真个没法可想吗?”

“在原则上，我自当给你尽力。不妨把三个学生的姓名开给我，先在人事科登记一下，待有甚么机会，就尽先通知。”

“机会不至于渺茫吧?”许说着，解开皮书包，取出一支珊瑚色的派克牌自来水笔来。

“老实回答你，你至多只能作十分之一的希冀。”

“我可希冀着十分之十，而且为期不远。老林，说一句老套的话，你如果能给我解决三分之一，我真是‘感同身受’呢!”

午后，许坐在一个大学的会客室里。白桌布上积着一层灰尘，靠近每一个坐位的部分给来此坐谈的人的衣袖管同手腕揩抹得稀薄一点。窗外垂柳上，几个蝉儿在那里赌赛似地直叫。

他是来拜访新接手的校长的，可是校长没有工夫，由秘书长代见；秘书长杨是许在北京的老同学，比较校长亲自出来少拘束得多。一阵的拉手，带笑又带感喟地诉说彼此的近况。接着许叙述自己的来意：推销货品，希望解决三分之一，最低限度三十块就行。末了说，“你们这里是个新局面，个巴小职员，想来总可以位置一下。老杨，务必请你在校长面前郑重提一提，我真是‘感同身受’呢！”

“哈哈，‘感同身受’！”杨的笑声带着讥讽的意味。

“你笑甚么？”许疑怪地望着杨。

“我笑的是‘感同身受’这句成语又来了。你可知道，我每天同它要碰几回面？——不说虚头，平均总有两百回呢。它时时刻刻跟随着我，一点也不放松。此刻我出来会见你，以为它总该避开去了，谁知道它正躲在你的嘴里！”

“你的话甚么意思？”

“哈哈，老许，你怎么‘懵懂一时’了？我说的是每天收到的介绍信，那些信里百分之九十九有一句‘感同身受’。”

“喔，原来如此，”许点头，前额的汗滴汇合成一条小小的河流，流到左边的眉毛丛中。“那末，你讨厌这一句话吗?”

“不，不。这是一句表示真诚的话，我为甚么要讨厌它呢?不过来得太多了，教我们简直应接不暇。半个月来，除掉另数不算，收到的介绍信有三千封了。现在又收到你口头的一封，三千的数目上又加上了一。你想，我们应酬了那几封好?”

“呢，呢呢，”许撮尖了嘴唇，像在那里呼鸡。“竟有三千封，意想不到!意想不到!”

“若说写信的人，大半像《秦琼卖马》里所唱的，‘提起了此马来头大，’最好都给他们应酬一下。但是真个应酬起来，教职员就要比学生多出好几倍了。而且那里来这么多的经费?”

“那末，怎么办呢?”许不由得代人家抱着忧虑。

“谁说得出怎么办呢?”杨凝视着空间，悄悄地说。

“三千封信可以堆满一张写字桌了。如果一股脑儿交给老林，由他的书局付印出版，题名就叫做‘感同身受’，倒是一笔好生意呢。”许自己觉得这个想头很有趣味，嘴里说了出来，心头还在玩赏不已。

“你说笑话了，这那里是处理这些信的正常办法?”

“老杨，我问你一个题目，”趣味的心情像轻风一般一拂而过，许的声气又转得严正了。“大学教育到底有甚么意义?”

“你的题目太大了。”

“不是太大，是太含糊了。我可以换一个说法：像你同我，是受过大学教育的；且不说大学造就出来的人无业失业，现在假定他个个都像你同我，大学教育到底有甚么意义?”

“这样的时候，大学教育的意义就在推广大学，直到满中国都是大学为止。若不是满中国都是大学，那一年年一班班的毕业生到那里去充当教授和秘书长，像你我一样呢?”

“这不就等于说并没有甚么意义吗?我每逢上课，提高了喉咙直喊，一班学生眼睛光光的望着我，我仿佛看透了他们的心；他们在那想，‘你只为四块钱一点钟，不得不猴子扮戏给我们看。’唉，没有意义！同时我也看见了他们全部的命运，他们压榨了家里，压榨了公家，来在大学里消磨岁月，结果成为销不出去的呆货，累我在这样的大热天，不得不赶出来当义务跑街，到处兜销。唉，没有意义!”

“你不要一味悲观。我告诉你，大学教育还有一种意义，就是养活一班要吃饭的教职员，像我同你；不过有个条件，要不欠薪，如果欠上半年四个月，这种意义就差得多了。哈哈，这都是说笑话。从严谨的方面说，我们总希望中国慢慢地好起来，一切事情都走上轨道；这巨大而艰难的工作，需要各方面的有用人才大家来担负，而大学就是这批有用人才的制造所。怎么说大学教育没有意义呢?”杨这么说，眼睛里放射出闪耀的光彩，好像正对着初升的太阳。

“你倒有这样的确信，”许看定他那老同学的带褐色的脸。“我可抛不开我的怀疑。我总觉得我在做一桩无聊的事，如果有甚么途径让我摆脱，就好比登仙了。”

“老许，你怎么也陷落在‘做一行怨一行’的老套里?不要怨吧，三千封信里提起的那些人物，正在追逐那无聊的事呢。”

“我这第三千另一封的口头信，大概是没有甚么希望吧?”许这才从无端的感慨里溜回来，归到特地跑来的初意。

“这实在难说。总之我给你在校长面前郑重提起就是了，你的希望是解决三分之一。”杨的声口颇有点慷慨千金的样子。

“那末，我走了。”

许从大学里出来，意兴有点阑珊。一辆公共汽车正在站上停住，他懒懒地跨上去，不顾皮垫子晒得烫热，就像看见了沙发一般颓然坐下。一颠一颠直到新世界，他才下车，在人行道上往东走。一幅“关店大拍卖”的市招引动了他的注意，他一看，是一家皮鞋店，男鞋女鞋都是挺“摩登”的。再向前走，看见一家绸缎店门首立着两块红纸黑字的广告牌，都歪歪斜斜写着“买一尺送五尺”六个大字。他觉得这种算法很有奇趣，不免站住了望那店里，却见一个店伙在打磕睡，两个店伙在吸纸烟养神。

一家发售航空奖券的店里点着大红蜡烛，高高地供起“二奖志喜”的金字牌；奖券像洗衣作晒在场上的被单一样，一排一排挂在横空的绳子上，给电扇的风吹着，只是拂拂地飘动，仿佛在向人招手。许又站住了，他心里想：“如果花十块钱买他一张而中了头奖，那时候应该怎么办？啊，我一定带了这笔钱去做海外寓公。中国到处是乌烟瘴气，桃花源只好到海外去寻。美国不行，他们闹复兴只是一个梦。英国德国法国也靠不住，只看他们念念不忘军备就可怕。倒是几个小国好，瑞典，挪威，丹麦，都是一派太平景象。我就任选一国住下，一辈子不再买回来的船票。我想他们一定欢迎我，我是带有几十万块钱的寓公呢。”他仿佛吃了橄榄，尝到一种清凉的甜味。但是他并没有真个买他一张；只一路上体会着这种甜味，回到了四马路振华旅馆。

擦过脸，揩过身，换上一件汗衫，身上爽快了不少。然而暮色渐渐笼罩下来了，他的心就给一种倦意一种怅惘之感蒙住，刚才的甜味早已溜到不知那里去了。

他躺在床上想：“奔走了一天，看来完全是徒劳。明天后天再去奔走，又那里一定有把握！昨晚上上车的时候，他们三个的几声‘老师，费你的心了，’是从心底里涌出来的；他们的眼角里仿佛都含着眼泪。我回答他们说，‘你们放心回去吧，’这显然有点义士的风度，等于说包在我身上。但是事实上那里包得来呢？如果回去是两手空空，他们三个将要伤心到何等程度！如果几个同事倒很有点成绩，那更……啊，不堪设想！”

他忽地站起来，开亮了电灯，伏在桌子上写信给在北平天津杭州广州当中学教师的几个朋友。写到“若蒙玉成，感同身受”的文句，不由得想起杨所说的“又来了”，就停了笔望着电灯出一会神。

三四个褐色的小虫不歇地向电灯飞扑着。

一个练习生

初中读了两年，没法读下去了，就停了学。好容易找到个职业，以为每天几碗饭到晚一张铺总不成问题的了。谁知道为了偶然的机缘，就被斥退了出来。

妈妈的眉心一向打着结。爸爸的叹气声音比猫头鹰叫还要幽沉可怕。我虽然拿着张伯伯的信，他替我说明这并不是我的错处；可是想想那眉心，想想那叹气声音，就够气馁的了，何况要打得更紧，叹得更幽沈。我怎么敢回去见他们呢！

今年春天，爸爸被那人家辞退了。农民连饭都没得吃，只好吃一点野菜煮番薯，那里缴得出什么租？那人家收不到租，吃用开销只靠典当和赊欠，那里请得起什么管账先生？失业的管账先生的儿子比黄包车夫的儿子都不如，钱的来路一断绝就像西风里的苍蝇一样冻僵了，那里读得成什么初级中学？

爸爸叹着气说：“这一学期的学费是交付了，你还是读你的书去。下一学期可不用提了，我们的饭都不知道在那里，还读什么书!”

妈妈不声不响，低着头，皱着眉心，糊她的自来火盒，像一个孤苦的影子。她的两只手机械一般运动着：拿起一张薄木片，依它的折痕折起来，把那黄地墨印的小纸张箍上去，就成一个长方小盒儿，随即丢在身旁的篾篮里。这种工作的代价是三十九个铜子一千。她每天至多糊两千，可以收进七十八个铜子。

下一学期不得读书了，我觉得非常难过。可是仔细想想，又说不清为什么要难过。读书算是快乐的事情吗？我实在没有感到什么快乐。硬要记住一些枯燥无味的东西，硬要写下一些账目一样的笔记；每月一小考，一学期一大考，好比永远还不清的债务。那里来的快乐？不得读书算是痛苦的事情吗？这种痛苦实在也平常得很。第一学期过后，就有三个同学因为力量不够停了学。第三学期第四学期开学的时候都少了人，原因也相同。起初全班五十个人，到现在只剩三十五个了。即使是痛苦，至多和那些先走的同学所感到的一样，他们能忍受，我为什么不能忍受呢？

虽然这么说，自从听了爸爸的警告，我却在功课上真个用起心来。好比吃甘蔗，开头只是乱嚼一顿，直到吃剩一节两节了，才慢慢地咬，慢慢地咀嚼，舍不得糟蹋一滴的蔗汁。用心的结果，枯燥无味的东西变得新鲜甜美了；历史有咬嚼，地理有咬嚼，甚至最教人头痛的算学也有咬嚼。除了应分交给先生批阅的笔记以外，我还写了一些学习笔记，把自己想到的一切记在里头。

可惜甘蔗吃到末一节了，任你慢慢地咬，慢慢地咀嚼，一眨眼就到了吃完的时节。这就是说，第四学期读完了，我再不能在学校里多尝一滴的蔗汁。我不作一声，对每一个先生和同学恋恋不舍地看了一眼，对教室里我的座头以及运动场上的运动器械痴痴迷迷地抚摩了一阵，就此溜出了学校。

爸爸叹着气说："这样总不对啊！你得出去，出去做一点事情。薪水且不必说，最要紧的是把人家的饭填饱你的肚皮。家里的饭是……"他停住了，眼睛斜过去，看着妈妈机械一般运动的两只手。两只手背上缀满了汗珠。

我愿意出去，我愿意出去做一点事情。可是到那里去呢，做什么事情呢，我却完全茫然。

岂但我，就是爸爸也完全茫然。他遇见亲戚或是朋友少不得向他们请托，总是这么几句话："费您的心，替我的孩子想想法子！商店里的学徒也好，工厂里的学徒也好，无论什么都好，只要让他填饱肚皮。"无论什么都好，其实就是漫无目标；他的眼前也只见白茫茫的一天大雾。

有几个人的回答很动听："我认识一家绸缎铺子，

可以去问一声。”“德大当铺的当手是我的朋友，不知道他那里收不收学徒。”“现在这时代，劳力做工是堂而皇之的了，我替你向利华铁工厂打听打听吧。”这几句话好像直向将要沈没的海船划过来的小舢板，载着一个巨大无比的希望——出死人生的希望。

但是过不了几天，小舢板打翻了，巨大无比的希望沈到了海底。绸缎铺子正在裁员减薪，收录学徒，简直谈不到。德大当铺的主人久已想收场，收不了，在那里勉强支持残局，再不愿多添吃口。利华铁工厂制造了大批的摩登家具，陈列在发行所里没有人过问，熟练的工人大半歇了手，再招学徒做什么？

虽然看见小舢板打翻，还是伸长项颈四望，搜寻载着希望的东西，那怕一根水草也是好的。爸爸和我每天借报纸来看，所有登载广告的地方不肯漏看一个字。征求推销员的，招请助理教员的，延聘家庭教师的，物色编评人材的，都使我们眼巴巴地看了再看。可是样样不合格；几大张的广告对于我们宛如白纸。

一天，一条广告好像射着光芒似的，直刺我的眼睛。“招收练习生，”“初中毕业或同等程度，”这就是两道强烈的光芒。我闭一闭眼睛，让一阵眩耀过后，才细看全文。原来是上海一家书局登的，招收练习生八名。

“同等程度，同等程度，……”我念了不知多少遍，想去试它一试。

爸爸可只看了一遍，他说：“既有同等程度的话，当然去试它一试。机会是不来伺候我们的，只有我们去伺候机会呀。”

于是依着广告上的话，誊了最近的一篇作文，写了汉文的英文的两张习字，又写了一封信，叙述自己的学历和家况，连同一张半身像片寄给那家书局。

回信来了。“不合格者恕不作复，”得了回信算是合了格，可以去碰第二重机会——到上海去受试验。这当然是好消息，连妈妈的眉心也似乎抹掉了几条皱纹。可是我们不比无愁的游客，什么时候想到动身就可以跨上火车；我们是说了许多的恳情话，向东家借一点，向西家借一点，实足延长到两天工夫，才得挤上蜒蚰那样爬行的四等车。如果再延长一天的话，试验的时期就错过了，也不用动身了。

在四等车里被挤得臭汗直淌，在浙江路的小客栈里被叮得满身是红块，我们都觉得不在乎。爸爸只是不放心地说：“你自问有把握吗，你？这是个难得的机会，不要把它放过了！”我怎么说呢？我没法试验我自己，那里知道有没有把握？我只能回答爸爸说：“我尽我的力量做去就是了。”当夜我没有睡得熟。爸爸也尽是翻身，还时时幽沈地叹一声气。

第二天跑去受试验，看见同我坐在一起的有四十几个，其中七八个年纪比我大得多，嘴唇周围已经生了黑黑的髭须。招收的名额才八个，这里却来了四十几个，不是说一个人得意，必得有五个人失望吗？又有那生了黑黑的髭须的七八个，他们的学识和经验该比我这个初中二年生高超一倍吧。我这样想，不由得胆怯起来，好像逢到楝树花开的时节，周身软软地没有一丝力气。

直到把心思钻进试题里去，这种胆怯的情绪才渐渐忘怀。这并不比学期考试困难，除开“英”“国”“算”，所有科目合并为“常识测验”，只有二十个试题，认为对的，画个圈儿，认为不对，打个叉叉。我是前十名交卷，接着就是“口试”。一位满腮帮生着黑胡须的先生坐在一间屋子里，好像一个相面先生，眼珠子骨溜溜的，相我的前额，相我的眼睛，相我的鼻子，……总之，我的全身都给他的眼光游历遍了。我窘得很，只好低下头来看自己的鞋子。大约经过了四五分钟，他开始用毫无感情的声调问我的学历和家况。我依照先前所写的那封信回答了。他就检出我那封信来核对，竖起我的半身像片来和实体比照，最后才慢吞吞地翻看我的卷子。看完之后，他依然毫无感情地说：“好了，你到隔壁房间里检查身体去。”

我有点不相信我的耳朵，可是他明明教我检查身体去，这不是有了被录取的资格吗？是我的卷子做得实在好，还是我的相合了他的意，可不知道。不知道有什么关系，我有了被录取的资格是真的！那位医生在听取心音的时候，一定觉察我的心脏跳得特别利害。

我把医生所填写的表格交给那位黑胡须先生，他看了看，递给我一张印刷品，这才透露一丝儿的笑意说："你考上了。进局的手续都写在这上边！"一丝儿的笑意立刻消失，他示意教我出去，又唤进候在门外的另一个。

啊，这张"进局须知"不看犹可，一看之后，我这兴奋的心脏简直停止了跳动！"保证金六十元。""在上海觅殷实铺保。""录取后一星期不到，随即除名，由备取生递补。"这是可能的吗？一个失业的爸爸，一个糊自来火盒的妈妈，怎么担负得起这笔巨大的数目！担负不起，当然是"录取后一星期不到"，当然是"随即除名"。这就同做了一场欢喜梦一样，醒转来还是看见绝望的铁脸！

爸爸等候在书局的会客室里，我有气没力地对他说："我考上了。不过……"我递过那张"进局须知"。

"你，你考上了！……什么，六十块保证金！难道练习生就得经手银钱，要保证金干吗？……还要在上海觅殷实铺保！保什么呢？难道练习生会当土匪，会做绑票？"爸爸的感情激动极了，网满红筋的眼睛瞪视着没有插花的红花瓶，仿佛那个花瓶就是书局的主持人，他对他提出了严重的质问。

一会儿他又变得异常颓丧，闭上眼睛说："这是他们的章程，不依章程做，他们就把你除名，有什么可说呢！我们白跑一趟，偷鸡不着蚀把糈，就是了！”

回家的四等车里，我的心头尝着怎样的滋味，只怕最出色的文学家也描摹不来。爸爸不但叹气，而且学着妈妈的样把眉心皱得紧紧，一路上彼此都不说一句话。

回家的第二天早上，爸爸忽然把《节妇绝命诗卷》取出来，对我说：“我们只有这一件祖传的东西，依理是不该拿出去的。现在为了你的饭碗，也顾不得了。如果有人看中它，买了去，你的保证金就有着落。这是末了的机会，总得去碰一碰，碰得着碰不着却要看我们的运道了。”

那节妇是我的十几代的祖母，生当清朝初年，丈夫死了，他写下绝命诗八首，吞金自尽。她这诗卷就成为我家世世相传的宝贝：上边有姓王的姓包的姓张的姓俞的二十多人的题跋，据说都是书法好诗词好文章。这卷子轻易不给人家看，看见的人总是啧啧连声地说：“了不起！了不起！”

爸爸点起了香烛，把诗卷供在正中，就跪下来叩头。一壁叩头，一壁默默地祷告。想来是恳求祖宗原宥他的一些话吧。我看着他的拜伏的身躯以及连连点动的头颅，不由得一阵心酸，淌下了眼泪。

这天下午，他从茶馆里回来，诗卷依然在他的手里。他说茶馆里的一些法家看过了，都说题跋倒不坏，不过本身是绝命诗，总觉得不大吉利，谁愿意化了钱来买它。

他又说只有一个人以为不在乎，如果五十块钱肯脱手的话，那就立刻成交。“我说，一百块钱；这上边有二十多家的题跋，家家是好手，平均起来，五块钱一家还不到呢。你知道他怎么说？他说‘你得知道此刻是什么年代！此刻是民国二十四年，民穷财尽，大家连肚子都吃不饱，谁还肯化了钱来买字呀画呀这些东西！五十块钱不肯脱手吗？好，我落得省了钱，你也保守住了你的家传的宝贝！’我听得生气，就把原件带了回来。”

妈妈低声低气地说：“再加十块二十块不行吗？你不要生气，你可以好好地同他商量。错过了这个人，再寻第二个只怕不容易了。”

“好好地同他商量吗？”爸爸咽下一口苦药似地按住了胸膛。“什么商量，干脆说恳求得了，恳求他多给一点！东西是一个钱也不值的，所有的钱全是他的施与！好，明天老着脸去恳求，老着脸去恳求！”他的气愤似乎消散了；他显得非常之柔弱，仿佛全身都瘫痪了的样子。从这上边，我深深体会到他为了儿子的命运努力挣扎的苦心。

恳求的结果，那人居然答应加十块钱。传了十几代的《节妇绝命诗卷》一旦换了主人。到手的正好是保证金的数目。妈妈于是停了她那机械的工作，又像欢喜又像忧愁地替我浆洗衣服，整理铺盖。她还取出不知道什么时候藏起来的四块“袁世凯”交给爸爸，手索索地抖着，说：“我拢总藏着四块钱，你们拿去作盘费用吧。”

保证金的问题固然解决了，“铺保”却还没有着落，我们一到上海就去找张伯伯，托他想法。张伯伯是爸爸幼年的同学，在一家橡胶鞋厂当推销员。

张伯伯说：“公司厂家是照例不给人家作保的。我的二房东是一家鞋子店，同我还和好，托他们盖个图章作个保，想来不至于拒绝。”

张伯伯的谋干果然成功了，那家鞋子店的书柬图章歪斜地印在保单上面。我们这就赶到书局。保证金，店铺的保单，一样都不缺少，自然是合格的练习生了！在交付给管事员的当儿，爸爸脸上露出一点傲然的神色，仿佛表示这么一种意思：“你们的题目尽管难，可是难不倒我，你看，都有在这里了！”

那管事员把钞票搁在桌子上，先看保单。“喔，是一家鞋子店。请你们坐一会儿，我们要派人去调查一下。”

调查就调查好了。我们并没有作假，张伯伯向那家鞋子店说得清清楚楚的，问到他们当然承认。

谁料得到那管事员听了调查报告之后，却摇着头对我们说：“不行。一开间门面。伙友都没有，只有两个徒弟。请你们换一家吧。‘进店须知’上边写得明白，要殷实铺保，‘殷实’两个字必须注意！”

“我们找不到别一家，便怎样？”爸爸愤愤地说。

“找不到也得找，总之这一家鞋子店不行！我们的章程如此，不能够为了迁就你们破坏章程？”

爸爸抓起桌子上的钞票，拉住我的胳膊转身就跑。“他们的章程破坏不得，只有另外去找了。找不到的时候，你同我一起回家去！”

仍旧烦劳张伯伯，恳求他特别帮忙，另外找一家殷实店铺给盖个图章。张伯伯奔走了一天工夫，才满头大汗地跑到客栈里来，说找到一家棺材铺子了，是一个朋友给介绍的。张伯伯答应出一封保证信，那棺材铺子才肯盖书柬图章。

棺材铺子居然被认为具有“殷实”的资格。于是重取一张保单，盖上他们那牛角质图章，交给书局管事员。钞票也点过了，不错，十二张五元票，一共六十块钱。我才亲自填写“练习生习业契约”。上边“一”“二”“三”“四”的条文很多，我的眼光跑了一下马，却没有看清楚什么。张伯伯还有他的任务。他作为我在上海的管护人，姓名，籍贯，年龄，职业，通信处，都填上了表格；对于书局，他是我爸爸的代表。

手续完全办妥，我是书局里的正式练习生了。爸爸要赶两点钟的火车回去，他把我的铺盖衣箱送到书局之后，坐也不坐，一壁揩汗一壁喘气地说：“你总算有个吃饭地方了，好好地在这里吧！我没有什么对你说的，只有一个字，难！……唉，真是难！”

一会儿他的精疲力尽的背影在马路的转弯处消失了。我提着沈重的脚步跨上书局的阶石，“难！真是难！”直咀嚼到那位黑胡须先生给我分配工作的时候。

得到它是这样难，失掉它却很容易，唉，简直太容易了！

昨天是十二月二十四日，一个平平常常的日子。早上，我从双层床的上层爬下来，和每天一样，穿衣服，折棉被。谁知道当天晚上就不容我睡在这张床上！

我隶属于进货部，为了提取一批纸张，一早跑出去。经过南京路大陆商场，忽然听得一阵边炮的声音，不知从那里来的，爽脆，紧张。同时大陆商场涌出大批的人群，人声脚步声搅起了狂大的海啸。立刻之间，我的前后左右挤满了人体；向这边看看，一个个激昂的脸，向那边看看，一个个激昂的脸。白色的纸片在空中纷纷飘扬。我捉住一张来看，上面用葡萄字印着“打倒强盗样的帝国主义”。

我明白了。半个月来，北平上海以及各地的学生都在干这种工作，现在是上海市民来那分内的一手。

冲在人群的波浪里，我身不由主，只能应合着大众的步调朝西跑。不知道怎么，一会儿我就传染了大众的情绪。我的呼吸沈重起来。我听见太阳穴的血管突突作响。如果旁边的人回头来看我，一定也看见个激昂的脸。

“打倒强盗样的帝国主义！”

无数人的声音合并为一个浪潮的怒吼。两旁的建筑都像震动了，电车和汽车慌张地叫喊，显得混乱和可怜。

一叠叠的传单向无论什么车辆楞过去。飘散开来，掩没了亮得发青的电车轨道，掩没了唯一的用木块铺成的马路。人群就踏着这些白纸黑字，前进，呼号。

突然间，人群的波浪冲着了礁石，反激地往后退了。我听见重实的拍拍的声音。点起脚来看，是好些个脸红红的外国巡捕挥动着木棍，在向人身上乱抽乱打。

五卅事件！我立刻想到教科书中所讲的这个题目，现在我亲身经历当时的一幕了！

“不要退啊！不要退啊！”浪头回冲过去，直欲推翻那挡在前面的礁石。

拍！拍！拍！拍！木棍又是一阵放肆。有一些人倒了下去。巨大的皮鞋就在横倒的人身上狠命地乱踢。鲜红的血淌出来了，染上白色的纸片。又凄惨又愤怒的叫声像一枝枝的箭，刺得人几乎发狂。

我描摹不出我当时的愤恨。谁说帝国主义只是口头的一个名词，眼前这一幕就是它活生生的表演！我们不把它打倒，只好横倒在地上淌血！

但是人群终于退进了大陆商场的过道以及山东路。异样的沈默经过两三分钟，忽然霹雳似的声音响了起来：“先施公司门前集合去啊！”

“我们手挽着手走啊！”似乎是青年女子的声音，在霹雳过后的严肃空气中，特别显得清朗。

于是手挽着手的行列重又流动起来。

这当儿我开始想到我的任务。很抱歉地谢绝了一位青布衣服朋友伸过来的一只手，从九江路绕着圈子到了我所要去的地方。

回到书局里，向部长交了差，不由得把刚才所看见的告诉几个同学。这对于我太新鲜了，太刺激了，藏在肚子里会发胀，必须吐露一下才觉得痛快。我叙述了激昂的人群，浪潮样霹雳样的呼号；我叙述了木棍和皮鞋怎样地放肆，鲜红的血淌在马路上怎样地惊心动魄；我也叙述了我当时的心情，我差不多忘记了自己，人群若是海潮，我就是其中的一滴。

几个同学听得都咬住了唇皮。

下午三点钟光景，忽然被那位黑胡须先生传到他屋子里去。张伯伯先在那里了，一副尴尬的脸色。我知道一定是关于我的什么事情，不觉心跳起来。

张伯伯咳了两声干嗽，给我说明："这里用不到你了，教你今天就出去。你好好地在这里，为什么要去参加大马路的游行呢！"

我听见头脑里嗡的一声，墙壁随即转动起来。我定一定神，根据实际情形替自己分辩："被挤在人群中间是有的；特地去参加，可没有这回事情！"

"原来如此。"张伯伯转过脸去，做着卑下的笑容向黑胡须先生恳情说：“他既不是存心去参加，似乎情有可原。感激你的大德，请你收回了成命吧！”

“存心去不存心去都没有关系，总之他在这里不适宜就是了。”黑胡须先生对谁都不看一眼。他从文件橱里取出一张印有黑字的纸张来；又独自似地说：“这是他的‘习业契约’，第七条条文写得明白：‘书局认为不适宜时，得随时废约，由管护人领回。’现在我的根据就是这一条。”他拿起钢笔，刹刹地在纸面书上两个红字，就递给张伯伯。“批明作废了，你带了去。”接着说：“这是他的保单。这是他的保证金，六十块钱，你点一点。”说罢，他划着火柴自去抽他的纸烟。

这不是太容易了吗？

昨夜晚我睡在张伯伯那里，一夜没有睡熟，说不出的难过，可是没有淌眼泪。今天张伯伯给我写了信，证明我没有错处。我得乘两点钟的火车回去。但是，想到妈妈的眉心，想到爸爸的叹气声音，我怎么敢回去见他们呢！

得　失

去年暑假，陆先生失了业。同事都拿到了下学年的聘书，他可没有，这就知道失业了；他同校长双方都不用再说一句话。打听原由，才知道校长有一个老同学，在北平一个中学校里当国文教员，被辞退了，校长就让他顶了陆先生的缺。

分头写信；跑来跑去找这个找那个；目标不限定在一方面，机关职员也好，公司职员也好，老本行教员也好。但是都没有希望；收到各处的回信，只是写一些“爱莫能助”之类的抱歉话；找到的人也无非说“待有甚么机缘，定然替老兄效劳。”

陆先生这才慌起来，两手空空，往后的日子怎么过呢？他的娘是一位沉默的太太，她想像到前途的种种苦难只往肚子里咽。但是她的一双看着地面再也不抬起来的眼睛已经使他不敢多看。他的妻子跟她婆婆不同，她少有隐忍的能耐，遇到机会就要发泄：孩子不听话就拧他的小屁股，以致孩子哭个不休；猫偷吃了一个鱼头就跑出跑进追赶，“死东西！贱东西！”骂得两旁邻居都定神细听。这更使做丈夫的他懊恼非凡，但是一想到事出有因，他就只好假作没有听见。给他一点安慰的只有他的弟弟一个。他的弟弟说，“哥哥，你且宽心，有我呢！”听到这个话，心里自然感激；然而他的弟弟有甚么用呢，在乡下一个小学里，校长是他，校工也是他，月薪才十块钱！

直到暑假将要完毕的时候，一个希望给他抓住了；非但希望，简直有十分之七八的把握。还是老本行教员。来信的是充当中学校长的表兄，说一个教员新近有了高就，大概可以把他补上。老太太的眼睛这才活动了，有时候抬起来看看孙儿的汗脸，有时候抬得更高一点，看看天空中火热的太阳。少奶奶也安静了许多，有空的时候，还检出丈夫的衣服来，看有没有需要修补的。那乡村教师甚至拍拍哥哥的肩膀说，“不是吗？我教你宽心，现在果真有希望了！”

但是表兄又来信了，先是一大堆抱歉的话，然后宛委曲折地叙明不能把他补上的原由：厅里来了条子，介绍五个人，说不妨悉凭尊裁，任择一人，这还能回答说一个都不中意吗？若非厅里的条子，别的都可以不管，当然就把老表弟决定下来了。事情这样不凑巧，真是谁也料不到的。

这一回比较拿不到聘书那时候跌得愈重，自然不用说了。

跌得愈重，正在唉声叹气，抚摩满身的伤痛，却同时接洽成功了两件事情，使他不免相信“天无绝人之路”竟是普遍的真理。

一件事情是给一所私立中学里的一个肺病教员代课，三班国文，每星期十八小时，作文簿一百五十多本，月薪三十五块钱。这是太廉价太辛苦的工作，然而他毫不迟疑地答应了下来。

另一件事情是给上海一家书局编写一种辞典的条子，每条少到五十字，多到一百字，件工性质，每条四分钱。他觉得这很容易，无非把现成的几部辞典翻来翻去，改头换面，抄写一遍罢了。而况也是一宗贴补。所以他承受下来，比较答应代课还要乐意。

他于是努力苦干，预备功课，到学校上课，批改作文簿，编写辞典的条子；除了六七点钟的睡眠以外，完全是工作的时间。在家里坐的是一把藤椅子，大腿的筋肉受了椅子的横档的压迫，渐渐感到酸麻。夜间用的是一盏二十五支光的电灯，黄黄的光照得他时时觉得一阵眼花，好像纸面浮起了一层云雾。睡到床上，只见倦极熟睡的妻子抱着伸臂舒腿像个大字的孩子，谁也不来睬他。想起上学年，每星期十二点钟功课，月薪七十块钱，又轻松，又闲散，真同仙人一般。现在是降落到地狱里来了！然而也只有忍受，否则就要降落到地狱更不如的不知甚么地方去，这尤其可怕。

初冬的一天，他的弟弟忽然带了铺盖回来了，合家用惊骇的眼光望着他，一时连“为甚么”也说不出来。原来，在先是县里发不出教育经费，特地给乡村教师想个办法，教所有学童的家庭轮流供给教师的饭食；后来田里的收成不好，学童的家属都说宁可不给孩子读书，先生的饭食实在供给不起了：教师没法饿肚皮，当然只好卷了铺盖回家。

祸不单行，那个私立中学因为吃了一家钱庄的倒帐，发不出薪水了。就此辞掉不干吧，似乎说不出口，教育到底是神圣事业，并不专为图利的；何况发不出来未必是永久的情形，也许在最近期内，学校就会从甚么地方弄到一笔款子。这样想的时候，陆先生怀着七分的不情愿三分的希冀，依旧每天到学校上课。这三分的希冀当然不定有把握，仅有的可靠的依傍是那辞典的条子，写成一条准可算到四分钱。他就更加勤奋地编写这东西；弟弟在家没事做，也教他参加工作。虽只是依据着现成的几种辞典，改头换面，抄写一遍，然而也得加上一点剪裁的上去；这本翻翻，那本查查，又不免耽搁时间：兄弟两个合作的结果，不过每天也编成三四十条罢了。

从冬天到春天，从春天到夏天，陆先生一家就靠那辞典的条子生活过来。那个私立中学在寒假里停办了，教职员的欠薪三折清偿。陆先生接到手里，不免打个恶心，四个月的堂上功课堂下功课只等于写了一千条条子！

天气渐渐热起来，报纸上登载着学校招生的广告以及中学会考的消息，一个暑假又到来了。暑假是许多教师竞赛的季节。他们个个像跑道上的选手，养精蓄锐，伸足擦腿，准备显身手；他们个个希望把别人挤落在背后，让自己抢在最先，即使抢不到最先，也总要估到入选的前几名。陆先生，在去年是被挤落在背后的，现在重逢竞赛，当然登场参加。

他还是用去年的技术：分头写信，跑来跑去找这个找那个。进行的路道不嫌其多，如果几条路道都成了功，可以拣最好的一条走去。

一天，他看报纸，忽然一条短短的消息抓住他的眼光，教他一遍两遍直看了四五分钟。他的表兄调任了，调到他去年教课的那一所中学校来当校长了。近水楼台，自然容易得月；而且，被挤了出来重又挤得进去，岂不是复了大仇雪了深耻一般的光荣。这不但使陆先生高兴，就是老太太也不免在干枯的脸上透露一丝笑意，催促儿子说，“你赶快写封快信给他吧。”

快信马上发出，只希望恢复去年的每星期十二点钟功课，月薪七十块钱。又说，就是少一点也不要紧，总之比目前的生活好一点，就满足了。

三天过后，表兄的回复来了，也是快信。信里说，去年的事没有弄成功，时刻疚心，现在总得给老表弟特别想法；虽说不预备把全体教员调动，但三四个人的调动是有的，只要不可推辞的方面不出过分艰难的题目，这三四个人中间，有一个一定是老表弟。

这又是十分之七八的把握。陆先生摹拟那失而复得的快感，想像那过度劳作之后得以坐下来透一口气一般的乐趣，更想到一班旧同事以及校工将用甚么态度来对待重又挤了进去的他，又打算要不要把编写辞典的事情辞掉；他不免兴奋，好像航海的人望见了远远的绿色的海岸。

然而，十分之七八的把握未必一定可靠，如果不可推辞的方面给表兄出了过分艰难的题目，那就要像去年一样，结果落一个空。这样想的时候，他又觉得自己依然在茫茫的大海里，前途一点可靠的依傍都没有；于是，只得继续写那无味的条子，放过一条，又是一条。

他更想到国文科的教授，啊，各科目里头顶麻烦的要算国文科了。教的一篇若是文言，每一个词儿每一句句子都给翻成白话，讲了一遍，又是一遍，弄得满头大汗；然而学生还是似懂非懂，教他们回讲往往讲不出来。教的一篇若是白话，看来看去差不多没有几句需要讲明的，然而也得想方设法，把五十分钟敷衍过去。这些还不是顶麻烦的事情，尤其可怕的是学生的作文簿。学生想心思造句子都不负责任，随便乱来一阵；教师却要给他们改得完全合乎规范。明知这些本子回到学生手里，就被塞进抽屉，直要待下次作文再拿出来；然而教师决不能贪一点懒，连一个别字一个破体字都得改正，因为视学员到来的时候，常常要调集作文簿看，有几个自以为贤明的家长也欢喜翻翻子弟的作文簿。一叠作文簿堆在桌上宛如一座开凿不完的山。头都昏了，眼部涩了，看看那座山，还没有低了多少；好容易辛辛苦苦把它铲平了，立刻又有一座高高的兀立在面前。教别种科目的都没有这种麻烦，他们踱出了教室就没有他们的事。自己为甚么不换几种轻松的科目来教呢？

他这样想那样想，竟致一连三四夜失眠，饱听那熟睡的妻子同孩子的咻咻的鼻息。

表兄来接手了，在学校里呆了一天，把一切的头绪摸一摸清楚，就在当天晚上，跑到陆先生家里。陆先生心里很不安定，只怕表兄带来一个可怕的消息，说“这一回又抱歉了”。老太太连忙递葵扇给内侄，让他扇那汗透了衬衫的胖身躯。少奶奶斟出两杯凉茶来说，“没有别的东西，喝杯凉茶解解渴吧。”小孩子一声不响，只是拉住母亲的衣角，呆看那陌生的泛着油光的圆脸。隔壁一间房里、一盏二十五支光的电灯底下，陆先生的弟弟在那里翻看厚厚的书本，一会儿执笔抄写，一会儿好些个蚊虫来叮大腿了，又放下了笔一阵的乱拍。

“学校里的情形都有数了，”表兄一口气喝干了一杯凉茶，慢吞吞说。“你的功课……”

“怎么样?”陆先生全身的汗毛仿佛都竖了起来，专等这生死关头的判决。

“你准可以有十二点钟功课。”表兄好像还要说下去，但不知道为甚么就缩住了。

“真的吗?”陆先生不自主地漏出了并不很得体的这一句。同时种种豫期的快慰又在心头杂乱地通过，但是不怎么真切，像坏了的电影片。

“那有同你开玩笑的道理?三天以内，就给你聘书。”

老太太带笑望着内侄，觉得这个发福的人真像一尊菩萨，她喃喃地说，“只有你照顾他！只有你照顾他!”少奶奶不说甚么，见两杯凉茶都给客人喝干了，又斟出两杯来，特别恭敬地放在桌子上。

“我有一个要求，”陆先生的新希望蓦地抬头，“我不要教国文了，想换几种科目教教。”

“为甚么不要教国文了?”

“教国文太麻烦：选文章，预备注释，要花不少的工夫；还有每星期一大堆的作文簿，尤其教人头痛脑胀。可是没有方法躲避，你教了国文，就得担负这一笔永远还不清的债!”

“这个我也知道。但是国文总得有人教。”表兄沈吟了一会，又说，“我且问你，你豫备改教甚么科目?”

“譬方说，或是历史，或是地理，或是公民，这些都没有堂下功课，走出教室就完事，我都愿意教。”

表兄微笑说，“你要知道，这些科目的钟点没有国文那么多；并且，这几科的教师，我不豫备调动。”

陆先生并不把进攻的意志懈怠下来。“不调动也不要紧。请他们改教国文，不是一样的吗？”

“那只好待我考虑一下再说了。”

陆先生知道这种不了了之的态度是校长的应有的尊严，也就适可而止，不再要求当场解决。

这一夜陆先生又是失眠。他越想越觉得教国文太苦恼了，这一回如果达不到目的，至少又得受一年的重累。他更想到四分钱一条条子的工作简直太不成话，人家专门抄写文件，才拿这么少的数目；这一回如果能够从学校方面多得到一点进益，一定写封信给书局，把这种倒楣工作辞掉。他更从校务的规画方面着想，看有甚么方法可以使自己不教国文而进益却增加一点。方法终于给他找到了。这时候火红的霞光照耀半天，他立即起身，跑到学校，在校长办公室里坐定下来，这才打昨晚到今朝第一个的呵欠。

半点钟过后，校长出来了。陆先生网着红丝的眼睛燃烧着一股热望，他说，“老表兄，昨晚上谈起的事情，你考虑过了没有？”

“还没有，”校长的眉头微微皱了一下。

“我又有一个要求，不知道老表兄可否容许？”

“怎么说？”

“我还是想不教国文。历史地理公民之类，请你随便支配给我几点钟就是。我希望你把训育的事情派给我，我自己相信当得来。这个要求如果蒙你容许，我曾经算过一算，就比去年在这里的时候宽裕了。”

“你这样想吗？”校长端相着表弟的脸，仿佛这瘦长的脸就是一个难解的谜。

火车头的经历

我出身在英国的机器厂里，到中国来替中国人服务。我有一个很大的肚子。工人铲起乌亮的煤块教我吞下去，我的肚子从不曾谢绝过一回。煤块在肚子里渐渐消化，就有一股力量散布到我的全身，我只想向前奔跑，向前奔跑，奔上几千几百里路才觉得畅快。我有八个大轮子，这就是我的脚，又强健，又迅速，什么动物的脚都比不上。我的大轮子只要转这么几转，就是世界上最快最精壮的马也要落在背后了。我有一只巨大的眼睛。到晚上，那怕没有月亮，也没有星光，我的眼睛总能够看清楚伸长在我前面的道路。我的喉咙喊起来特别响亮，“呜——呜——”这样喊着的时候，林木都给我震动得摇晃着身子，天空的云更像水波一样荡漾起来。

我的名字叫做机关车。但是不知道为什么，人都不喜欢叫我这个名字，也许是嫌得太文雅太不亲热了吧。他们愿意像叫他们弟弟妹妹一样，叫我的小名火车头。

我到中国来了几年，一直在京沪路上奔跑。从南京到上海，又从上海到南京。这条路上的一切景物，我闭着眼睛都背得出来。宝盖山的山洞，几个城市的各式各样的塔，产蟹著名的阳澄湖，矗起许多烟囱的无锡，那些自然不用说了。甚至什么地方有一丛竹树，竹树背后的草屋里住着怎样的一对种田的老夫妻，什么地方有一座小石桥，石桥旁边有那几条渔船常来撒网下钓，我也能够报告得一点没有错儿。我走得太熟了，你想，每天要来回一趟呢。

我很高兴替人服务。我有的是力量，会的是奔跑，如果把力量藏起来不用，死气沈沈地站定在一块地方，岂不要闷得发慌？而况我替他们服务的那批人大多很可爱。他们是上学去的学生，做生意去的商人，随带了农产品去销售的农人，还有提了一篮子礼物去探望出嫁了的女儿的老婆婆，捧了一本《旅行指南》去寻访名胜的游历家。他们各有正当的事情，各把热烈的心情欢迎着我，我给他们帮一点忙正是应该。

但是我也有不高兴的时候。不知道什么人发了一道命令，说要我把他单独带一趟。这时候，学生，商人，农人，老婆婆，游历家都不来了，我只是替他一个人服务。替一个人服务，这不是奴隶的行径吗？同时还有好些人护从着他，穿着军服，子弹带围在腰间，手枪提在手里。他们自己并不要到什么地方去，也只是替他一个人服务。那末他们岂非也等于奴隶吗？这且不去管它。后来打听这“一个人”急急忙忙赶这一趟去干什么的，那真要把人气死，原来他是去访问一个才分别了三天的朋友，嘻嘻哈哈谈了一阵闲天，顺便洗了一个舒服的澡，然后去找一个漂亮的女子，一同上跳舞场去的！我为什么要做这样的人的奴隶呢？以后遇到同样的差遣，我就想回他一个不理采。可恨我的机关执掌在别人手里，机关一开，我虽然不愿意奔跑也只得奔跑。“毁掉了自己，也毁掉了那可恶的人吧！”我再也没有心思观看一路的景物，只是这样地想。同时我的喊声就满含着愤怒，像动物园里狮子的吼叫一样。

昨天早上，我站定在车站上，肚子里塞饱了煤块，一股力量直透到八个大轮子，准备开始奔跑。忽然一大批学生拥到车站上来了，人数大约有二三千。他们有男的，有女的，都穿着制服。年纪大一点的男学生嘴唇边已经有短短的髭须。年纪大一点的女学生脸上现出青春女子特有的红色。年纪最小的大约只有十三四岁，可是并没有恋着爸爸妈妈再也走不开去的那一副神气。他们有点像——像什么？我记起来了，像那一年“一二八”战争时候那些士兵的派头！又勇敢，又沉着，就是一座山坍在前面也不会眨一眨眼睛。听他们的说话，知道他们为着国家的急难，要托我带他们前去，向一些人陈述他们的意见。

这是理当效劳的呀，我想。为着国家的急难，陈述各自的意见，这比较上学，做生意，销售产品更加正常，更加紧要，我怎能够不给他们帮一点忙呢？“来吧，我带你们前去！我要比平常奔跑得更快，让你们早一点到达目的地！”我这样想，不由得“呜——呜——”地喊了几声。

这批学生大概领会了我的意思，高高兴兴跳上拖在我背后的客车。客车立刻塞满了。后上去的就只得挤在门口，一只脚点着踏板，一只手拉住阑干，像什么东西一样挂在那里。他们说：“我们并不是去作安适的旅行，辛苦一点没有关系，只要把我们带走就是了。”

但是大队的警察随即赶到了。他们分散在各辆客车的旁边，招呼普通的乘客赶快下车，说这一趟车不开了。我不知道是什么意思。我正准备着一股新鲜的力量，替一班乘客服务，怎么说这一趟车不开了！我看那些乘客提着箱子，挟着包裹，露出一副懊恼的脸色，从客车上跨下来，我心里真像欠了他们的债那样地抱歉。“我每天都情情愿愿替你们服务的，可是今天，我对不起你们了！”

普通乘客走完之后，警察又教那批学生下车，说这一趟车不开了。我想，学生因为有非常正当非常紧要的事情，才来乘这一趟车的，他们未必肯像普通乘客一样，就此带了懊恼的脸色回去吧。

果然，学生喊出来了："我们不下车！我们要到达我们的目的地！"声音像潮水一般涌起来。

"呜——"我接应他们一声，意思是"我有充足的力量，我愿意替你们服务，把你们送到目的地！"

于是事情弄僵了。警察虽说是大队，可是没法把二三千学生拖下车去，只好围守着车站，仿佛将要有战事发生似的。这是车站上不常有的景象：乘客给赶了回去。另一批乘客等在车上，可是车不开。警察如临大敌，像木桩一样栽在那里，个个露着铁青的脸色。我来了这几年，还是头一回看见这景象呢。铁栅栏外挤满了人，给印度巡捕赶散了，一会儿又聚了拢来，他们都只为惊异着这不常有的景象。

随后陆续来了好些人，洋服的，蓝袍玄褂的，花白胡子的老头子，戴着大圆眼镜脸上好像涂了半瓶雪花膏的青年，他们都现出一副尴尬的脸色，跑到客车里去，和学生谈话。我不知道他们谈些什么，揣想起来，大概同警察的话一样，无非"车是不开了，你们回去吧"这一套吧。不然，他们为什么现出一副尴尬的脸色呢？

学生第一回的回答我却听得清楚，"我们不下车！我们要到达我们的目的地！"声音像潮水一般涌起来。

"呜——"每听到他们喊出来，我就接应他们一声，意思是"我同情你们，我愿意替你们服务，把你们送到目的地!"

时间过去了很多，足够供我奔跑二千里路，但是僵局还没有打开。尴尬脸色的人继续有得到来，和学生谈了一阵之后退出去，他们的脸色显得更尴尬了。风在空中奔跑，呼号，好像要同我比一比气势的样子。我那里怕什么风，只要开动我的机关，让我出发，一会儿风就会自己认输了。那批学生也不怕甚么风，他们靠着车窗眺望，眼睛里冒得出火，也有些人下车去在车辆旁边走动，气概昂昂，好像临阵的战士，他们没有一点缩瑟的模样。他们饿了，就啃着自己带来的小面包。他们渴了，就把童子军所用的那种锅子煮起水来。车一辈子不开，他们将要守一辈子；我看得出他们个个有这么一颗坚韧的心。警察是站得更多了，铁青的脸转为苍白，有几个打着呵欠，有几个嘴里叽咕着什么，大概因为好些时没有抽一支香烟，或者是两条腿有点酸麻了。

我看着这情形真有点动怒。力量是我的，又不劳你们的一个小脚趾。我愿意带着学生前去，为什么硬要阻止他们呢！而且我是劳动惯了的，跑两趟路，出几身汗，那才通体畅快，闭上眼睛就睡得熟觉。像这样站定在一块地方一动不动，连续到十来点钟，在我是从来不曾有过的经验。这不是变做一条懒虫了吗？我不情愿，我闷得慌。

我不管旁的，我要出发了！“呜——”只要我的轮子转动起来，千军万马也阻当不住，不用说尴尬脸色的人以及大队的警察。我要出发了！“呜！——”——这时候，我才感觉到我的身体构造上那一点儿缺陷却是顶大的缺陷。自己的行动的机关为什么要执掌在别人手里呢？要是我能够自主的话，要走就走，要不走就不走，那末不必等到此刻，早上就可以给学生帮忙了，在平日也决不会带了“一个人”去洗澡找漂亮女子了。谁来把我的机关转动一下吧！谁来把我的机关转动一下吧！“呜——呜——”

我的喊声似乎给机关手听清楚了，他忽然走过来，用他那熟练的手势，把我的机关转动了一下。啊，这才好了，我能够向前奔跑了，我能够给学生帮忙了！“呜——”我一口气直冲出去，就是高度的快跑。

“我们到底走成功了！”学生的喊声像潮水一般涌起来，掩没了呼号着的放肆的风。

这时候雪花飘飘扬扬飞下来，像拆散了无数的野鸭绒枕头。我是向来不怕冷的，我有一个火热的身体，就有冰块丢过来也给我化做了水，何况野鸭绒似的雪花。学生也不怕冷，他们从车窗间伸出手去，在昏暗的空中捉住了野鸭绒似的雪花，就齐声唱起《雪中行军》的歌来。

铁轨在我的轮子底下滑过。田野，河流，村落，树林在昏暗中旋转。风卷着雪花像簸扬着灰尘。我急速地奔跑，奔跑，使用了我的强大的力量，带着那批激昂慷慨的学生，载着他们的热烈的无畏的心，前进，前进……

突然之间，机关手把我的机关向反对方向转动一下，就溜了开去。我不得不改慢我的奔跑，渐渐地我不得不站住了。为了什么呢？“嗤——”我懊恼地透一口气。抬起我的独眼一望，只见一条宽阔的河流横在前面。河波唱着悒郁的曲调。哦，原来跑到这里了，我想。春天秋天的好日子，我常常带着一批旅客来到这里，他们就在河面上划小船比赛，唱歌作乐。但是现在那批学生并不是这样的旅客，他们个个系念着国家的急难，绝对没有作乐的闲心情。为什么要把他们停在这里呢？

学生都诧异起来了。“为什么停了？开呀！开呀！开到我们的目的地去呀！”声音像潮水一般涌起来，似乎在埋怨着我。

“亲爱的学生，我是恨不得立刻把你们送到了目的地，但是我的机关给关住了。你们赶快把机关手找来，教他再开一下。我一定竭尽我的力量奔跑，比先前还要快。”我这样想，“嗤——”又懊恼地透了一口气。

十几个学生跑到我的身边，考查为什么忽然停了。他们发见我的身边没有了机关手，这才明白，同时回身去报告给全体学生知道。

“把机关手找出来！把机关手找出来！在这荒野的风雪中，他逃不到那里去的！”许多学生这样说着，就在我背后的各辆车中开始搜寻，他们知道他决不会自己寻死，躲到我的火烫的肚子里来的。椅子底下，厕所里，行李间里，车僮收藏贩卖品的篮子里，他们逐一搜寻到，竟不见机关手的踪迹。但是最后把他找出来了。原来他躲在厨房间的一个收藏饭巾的小柜子里，缩做一团，用一方穿了一个小洞的饭巾蒙着头。学生把他拥到我的身边，吩咐他说：“立刻替我们开车！”

这时候我那老朋友的一副窘相，我从来没有看见过。嘴角挂了下来。眉头皱得像老树桩。眼睛里现出凄苦的光，像送到屠宰场去的猪。他平日老是嘻嘻哈哈的，一壁执掌着我的机关，一壁唱一些关于爱情的山歌。现在却像换了一个人了。更可怪的是他站在我火热的身体旁边，还是瑟瑟地抖着，宛如这几天靠在马路上枯树旁边的叫化子。

“对不起，先生们，我再不能开车了！”大约延了一分钟光景，他才低低地这样回答。

“为什么不能开？”

“我奉有上头的命令。”

“那末先前你为什么开呢？”

“也奉的上头的命令。上头的命令教我开到这里为止，我不能多开一公里半公里。”

“好，原来是这样！可是，现在，不管命令不命令，你给我们开就是了！”学生推的推，拖的拖，有的更捉住了他的手揿在我的机关上。他一个人那里抵抗得过许多人，两只手只好抖抖瑟瑟地按着我的机关，好像触着一条毒蛇似的。

我想：“好了。老朋友，赶快把我的机关转动一下吧！只消一转动，我就能够拼命前进，那班学生将要感激你不尽了。”

但是我那老朋友的两只手仿佛僵化了，再也不能够把我的机关转动一下。两条泪水从他的眼眶里挂了下来。他凄惨地说：“你们再要我开车向前，我非被枪毙不可。先生们，我还有我的家呢！”

啊，太狠毒了！太残酷了！

忽然有几个高个子的学生慷慨地说：“放他走吧！累得他被枪毙，累得他一家人不能活命，这样的事我们不忍干！我们这几个人学的机械科，开动机关是练习过了的，现在让我们来实地应用吧。”

“好极了！我们到底又走成功了！”高兴的喊声像湖水一般涌起来。几个高个子的学生立刻把我的机关转动。这当儿，我那老朋友像兔子那样一溜，不知道到什么地方去了。

铁轨在我的轮子底下滑过。田野，河流，村落，树林在昏暗中旋转。风卷着雪花像簸扬着灰尘。我急速地奔跑，奔跑，使用了我的强大的力量，带着那批激昂慷慨的学生，载着他们的热烈的无畏的心，前进，前进……

啊，不好了！我望见前面的铁轨给撬去了一大段，再过半分钟跑到那里，不堪设想的祸事就要发生了。我是没有什么要紧，毁掉了可以从新构造。但是那批学生怎么办呢！他们的身体化为泥土，他们的气概化为烟云，是再也恢复不来的了！我怎忍看这样悲惨的活剧！“呜——呜——”我骇极了，连声叫喊，可是我自己停不住脚。

说时迟，那时快，一个高个子的学生“啊！”地喊了一声，就用极强大的力量，极敏捷的手法，把我的机关转过去，我才得渐渐地收住我的脚步，等到站定，离开铁轨给撬去的处所只有半丈光景，真像电影里的险事。我虽然放了心，还不免连连地喘息。

许多学生知道了几乎遇险，都下车去看。风雪像尖刀一般刺痛他们，广大的黑暗密密切切地围住他们，他们一点也不放在心上。他们凭着我的独眼的光，看清楚给撬去的铁轨并没有留在路线旁边。藏到那里去了呢？

“把铁轨找出来，像刚才找那机关手一样！”不知道是谁这样喊了一声，许多学生就撒开在路线两旁边，像派出去侦察的士兵似的，一会儿弯一下身子，停一停脚步，一会儿向前快跑，两颗发亮的眼睛的溜溜地转动。但是没有，他们找了半点钟光景，给撬去的铁轨还是没有。难道那批拆毁铁轨的坏东西把铁轨吞到肚子里去了吗？

“在这里了！”一声兴奋的喊叫，从一条小河边散播开来。于是许多学生一齐跑到那里去。河面结了冰，伸出来几段乌黑的横头作工字形的东西，这不是铁轨吗？

“在这里了，我们就有办法！”

“我们学铁道科的应该来实地应用了，这叫做‘当仁不让’呀！”

“那末，我们先把铁轨拖起来！”

“好，把铁轨拖起来！”轰然的一声接应。

河面的冰被打碎了，几乎淹没了全身的几条铁轨陆续地被救了起来。泥浆的寒气透过了鞋袜直刺到皮肤里骨头里，可是那些学生仿佛没有这回事似的。

是谁障碍了我们的进路，障碍重重！

是谁障碍了我们的进路，障碍重重！

大家莫叹行路难，叹息无用！无用！

我们，我们要，要引发地下埋藏的炸药，对准了它轰！轰！轰！轰！

看岭场山崩，天翻地动！

炸倒了山峰，

大路好开工！

挺起了心胸，

团结不要松！

我们，我们是开路的先锋！

我们，我们是开路的先锋！

轰！轰！轰！

哈哈哈哈！轰！

学生把铁轨从小河边扛到路线上来，一路唱着《开路先锋》的歌。阵阵的雪花削着他们的脸像钢铁的刀片，阵阵的冷风吹来像剥去了他们全身的衣服，可是他们仿佛没有这回事似的。

当铁轨铺到枕木上的时候，铁道科的学生喘吁吁地说："还得找螺丝钉呢！"

"螺丝钉大概也在那小河里，我们下河去捞吧！"

许多条腿插进冰冷的河水。上身俯下去。赤露的手臂随即向河底捞摸，浮冰刻划着手臂关节部分的皮肤。经过好久时间，一个人报告说："给我捞到一只了！"又经过好久时间，另一个人报告说："也给我捞到一只了！"每听到一回报告，人家就报答他一声兴奋的欢呼，同时各自的捞摸工作也做得更为出劲。

我素性是硬心肠，不懂得流泪是怎样一种味道。可是这一批"雪夜的渔夫"太教我感动了，我的独眼不由得蒙着一层泪膜，看出去只觉得迷迷糊糊地。

螺丝钉捞齐之后，铁道科的学生完成了他们的工作，我又带着所有学生向前奔跑了。这回几个执掌着我的机关的学生不放我跑得太快，他们凭着我的独眼的光，时时向前面眺望，防备再有什么危险发生。他们的精细真值得称赞，走不到半点钟，果然发见又有一段路给撬去了铁轨。

于是学生重又下车去找寻铁轨，没有。经过一回商量，他们有了个简便的决议：拆了后面的路去修前面的路！

一群临时路工立刻工作起来。拆下来，打到前面去，重又把它铺上：每一组的人担任这么一串的工作。钢铁击着的声音和“杭育杭育”的呼唤合成一片，一会儿又唱起《开路先锋》的歌来。

……

炸倒了山峰，

大路好开工！

挺起了心胸，

团结不要松！

我们，我们是开路的先锋！

我们，我们是开路的先锋！

轰！轰！轰！

哈哈哈哈！轰！

天渐渐地亮了。雪也停了。在淡青色的晨光中，在耀眼的银世界上，这批临时路工呵欠也不打一个，只是兴奋地强固地工作着。我看着他们，不禁想对他们说：

“你们能够修路，一切障碍就等于一张枯叶。你们所认定的目的地，无论如何总会给你们到达，那怕在天涯海角。你们的目的地大概不止一处罢，随便那一处，我都愿意替你们服务，把你们带去。你们的路修到那里，我就带着你们向那里飞奔！”

一群临时路工好像已经听见了我的话，用他们的歌声给我回答：

我们，我们是开路的先锋！

我们，我们是开路的先锋！

轰！轰！轰！

哈哈哈哈！轰！

寒假的一天

我醒了。窗上才有朦胧的光，远处的鸡一声接一声啼着，很低沈，像在空坛子里。

弟弟的身躯转动了一下。

“弟弟，你醒了吗?”

“我醒了一会了。不知道雪还下不下。如果还在下，那雪兵要胖得不认得了。”

我听说，一个翻身爬起来，披了件小棉袄就去开窗。

庭心里阴沈沈地发白。

“雪已经停了，”我可惜地说。

“我们去看看那雪兵吧，”弟弟也就推开棉被，坐了起来。

草草地穿着停当，我们两个开了后门，探出头去。

“呀，倒了!”我们齐声喊。

雪兵的形体毫不留存。只见一堆乱雪，凹凹凸凸，像个大馒头，刚才经受巨兽的齿牙。

弟弟几乎哭出来。我也很难过。

一件心爱的玩具不得到手，一处好玩的地方去不成功，都不值得伤心。惟有费了一番心思制作出来的美术品，忽然给破坏了，而且破坏得干干净净，再也认不出当时的心思和技巧：这才是世间最伤心的事情，永远忘不了的。

“怎么会倒了的呢！谁把他推倒的呢！”弟弟恨恨地说，两颗眼珠瞪视着那堆乱雪。

“我看出来了，”我说。“这么宽大的皮鞋，鞋后跟一块马蹄铁，除了巡警还有谁。一定是查夜的巡警把他推倒的。”

弟弟细认雪上的鞋印，一壁骂：“该死的巡警，你不向他行个礼，倒把他推倒，真是岂有此理！”

进早餐的时候，爸爸大概看出了我们两个的懊恼脸色，关心地问我们为了什么。

我就把刚才发见的不快事件告诉爸爸，并且说：“这是很有精神的一个雪兵。你昨天早些回来就看得见了。今天本来想等你起来了请你去看，谁知道早给查夜的巡警推倒了！”

“就只为这件事情吗？”爸爸的眼光好比一双慈爱的手，抚摩了我又抚摩弟弟。“这有什么懊恼的？雪还积在那里，你们再去塑一个雪兵就是了。”

“不要吧，”妈妈这么说，大概想起了昨天替我们做的烘干洗净等等工作。

于是爸爸转换口气说："要不然到公园去走一趟也好。前几年没下这样大雪，这里公园的雪景，你们还不曾看见过呢。"

"好的，我们到公园去。"弟弟给新的希望打动了。

我在昨天就想到公园里去看看。公园里有两座土山，有曲折的小溪流，有一簇簇的树木，有宽阔的平地，盖上厚厚的雪，一定很好看。我同样地说："好的，我们到公园去！"

进罢早餐，我们两个出门了。

踏着很少残破的雪地，悉刹悉刹。一步一个鞋印，再一步又是一个鞋印，非常有趣。

经过了两条胡同，来到大街上，可不同了。早起的行人把大街上的白雪踏成了乌黑的冰屑，湿漉漉地，东一堆，西一堆。人力车的轮子和人力车夫的脚冲过的时候，带起稀烂的冰屑，向人家身上直溅。而且滑得很，一不留心就会跌交。我和弟弟只得手挽着手走，时时在店铺的檐下站住，相度前进的路线。

大街上比平日热闹一点。

农人的担子里装满了冻僵的菜和萝卜。渔婆的水桶里挤满了大大小小的鱼。他们停歇的地方就有男的女的围着。论价钱，争斤两，闹成一片。

肉铺的横竿上挂着剥得很白净的半爿猪。还有猪的心，肺，大肠，小肠等等东西陪衬在旁边，点点滴滴滴着红水。重大而光亮的肉斧在砧桩上楞起。散乱的铜子剎郎郎地往钱桶撒去。

糕饼铺把黄白年糕特别堆叠在柜台上，像书局里减折发卖的廉价书。

南货铺站着十来个主顾。一斤白糖。三斤笋干。两包栗子。四百文香菌。……三四个伙友应接不暇，不知道对付了那一个好。

绸缎布匹铺特别清静。大廉价的彩旗退了色，懒懒地飘着，似乎要睡去。几个伙友尽有工夫打呵欠，抽香烟，或者一个字一个字诵读不知道是当天还是隔天的报纸。

行人手里大都提一只篮子，盛着他们所需要的东西。篮子盛满了，另外一只手就捉一只鸡，提一条鱼，或者请一副香烛。

也有一点东西不带的人，皱着眉头，急急忙忙走着，脚下也没有心思看顾，一步步都踏着了泥浆。另外一些人把整个头颅藏在皮帽子和大衣的高领子里，光露出两只眼睛，骨溜溜地，观赏朝市的景色。这边看一看，那边站一站，好像什么都引得起他们的兴趣。待走到茶馆门首，身子往里一闪，不见了。

零零落落传来一些声音：萋萋萋地响了一阵，突然来一声嘡——，一会儿又听得吉刮吉刮，仿佛燃放边炮。

“这是什么?”弟弟拉动我的手。

我想了一想，说：“他们打年锣鼓呢。按照阴历，今天是小年夜。”

“我们看去，”弟弟感到了兴趣。

可是走到发声的地方，打锣鼓的几个孩子恰正放手，他们一溜烟跑到里面去了。那是一家酒店，大铜锣，小铜锣，大钹儿，小钹儿，都给搁在酒坛头上。

我们两个不禁对着这些从未入手的锣鼓家伙出神。我想，如果拿在手里，当当当萋萋萋地敲打起来，那多少有趣呢。

忽然街上行人用惊奇的口气互相谈论起来。

“看，这一批什么人!”

“看他们的打扮，大概是学生。”

“手里拿着小旗子呢。”

“写的什么呀?”

“喔，宣传什么的。”

我回头看，只见一二十个穿着藏青呢衣服的人急匆匆跑过来。泥浆沾满了他们的裤管。他们的脸色显出疲劳，眼睛大都有一点发红，似乎好几夜没有睡好了。

“他们作救国运动的，”弟弟看了尖角的小白旗子就明白了。

我们学校里每天早上有时事报告，先生把报纸上看来的收音机里听来的说给我们听。爸爸每天吃过晚饭，也常常说到这一些。大学生成群结队到南京去呀，铁路给拆断了，许多旅客和货物拥挤在各处车站上行动不得呀，大学生自己修铁路，自己开火车，到了儿还是被解回去呀，他们预备散到各地去，把万万千千的心团结成一颗心呀：关于这些，我们记得很清楚，仿佛还是昨天的事情。

这当儿宣传队停步了，一字儿排开，开始他们的宣传工作。

小白旗子挥动了一阵，一个高个儿站到酒店对面一家饭馆子的阶石上，激昂地喊着“亲爱的同胞”，就此演说下去。

这高个儿浓眉毛，宽阔的前额。一会儿仰起了脸，像在那里祈祷，一会儿停了言语，悲愤地望着当街的听众。他的两只手常常举起，作种种姿势，帮助言语的力量。

“弟弟，”我高兴地拍着弟弟的肩膀，“你认得吗？这是何家的表哥！”

“就是他吗？”

我想了一想，我们搬到这里之后，还不曾见过表哥的面呢。他比从前高了许多，脸孔也改了一点儿样。莫怪弟弟认不真了。

弟弟又说：“我们去招呼他，好不好？”

“等他说完了，”我拉住弟弟的手，“我们再去招呼他。现在我们听他的演说。”

演说延长了十五分钟的样子。他说到国势的危险，敌人的野心和阴谋，坚决抵抗的可能和必需，大家一致起来的力强无比。

听众起初还是哜哜嘈嘈地，随后越来越静默，只有表哥的声音在空中流荡，显得很响亮。时时有停步的人。人圈子渐渐扩大起来，挤住了通过的人力车。店铺里的人点起了脚，侧转了头，眼光集中到表哥的身上。

当演说完了的时候，我们想挤前去招呼表哥。可是表哥依然直立在饭馆子的阶石上，两手支在腰间，热切地望着听众，似乎还有话说的样子。

听众遇到这个空隙，就你一句我一声地开口了。

“他们真热心！这样冷的雪天，又是大年小夜，不坐在家里乐一会儿，倒跑出来宣传。”

“他的话是不错的！照现在的样子总不成，人家进一步，我们退十步，退到了着墙碰壁，再往那里退！”

“不过救国的事情太大了，我们怎么担当得起！”

“你没听他说吗？大家拿出力量来，比什么东西都强，任他来的是什么，都不用害怕！”

“谁不肯拿出力量来！孙子才不肯拿出力量来！要是真的那个的话，不说别的，连性命都可以奉送！”

“你要吃年夜饭呢，不要性命不性命地乱说！舌头是毒的，随口说说有时真会说着。”

“没关系。我不开玩笑，是规规矩矩的话！”

“亲爱的同胞！”表哥又开口了。“我们能够到这里来和各位谈话，并不是容易的事情！”

“我们不坐轮船，火车。我们用自己的两条腿，沿着公路跑。为的是要到各个乡镇去，和乡镇里的同胞见面，谈话。风雪，寒冷，还有饥饿，这几天受得够了。可是我们非常兴奋，快活。因为遇见的同胞都赞成我们的话，像亲兄弟一样欢迎我们，让我们休息，喝茶，吃东西，并且给我们一颗又热烈又坦白的心！

“今天早上，我们五点钟起身。在寒冷的黑暗中，在积雪的道路上，一口气跑了二十里，来到这里的城外。却遇到阻障了！遇到阻障原在我们意料之中，但是没有想到竟会用类乎拆断铁路的办法——关城门！”

“关城门？”听众诧异地说，这中间有我的一声。

“我们望见城楼耸起在空中，我们望见城楼底下的城门明明开了的。不知道谁报了信，不知道谁下了命令，待我们跑到离城门五六十步的地位，城门突然关上了！把我们看做盗匪！把我们看做敌寇！

“我们遏制了心头的愤怒，高声说明我们的来意，教把城门开了。但是没有人答话，死板板的两扇城门给我们个不理睬！

“我们不由得向挤在我们后面的同胞诉说：‘这里是中国的地方。中国还没有亡，为什么不许中国人进中国

的城！为什么不许中国人救自己的国！’

“许多同胞有呼喊的，有流泪的。大家说：‘我们一同来把它撞开！’

“城门外不是有两条石头吗？我们和许多同胞就抬起石头，‘一，二，三，撞！’‘一，二，三，撞！’可是只把城门撞得震天价响，还是不能把它弄开。

“这当儿，我们有五个勇敢的同学却去想别的法子。他们凭着平日的锻炼，一个肩膀上站一个，爬进了城墙，拔去了门闩。我们这才能欢呼一声，跑进中国人的城，来到这里，和各位谈话。亲爱的同胞！请想想，不是很不容易的吗？”

“有这样的事情！”

“我们倒不知道！”

“岂有此理！”

“关城门！——乌龟缩头的办法！”

听众都对这批大学生表同情。就说我吧，也仿佛觉得被关在城外的就是我自己。

表哥回到队伍里去了。换上一个非常清秀的人，也用“亲爱的同胞”开场，继续演说。

这是招呼表哥的机会了。我们推动人家的胳臂，挤开人家的背心。可是前后左右都在压迫过来，几乎使我们透不过气。脚下淌着泥水也顾不得了，只好硬着头皮直踏下去。

我们两个挤，挤，挤，离开表哥不过十来步了，若是清静的时候，早就可以面对面招呼起来。忽然听众间起了一阵骚动，那清秀的人的声音立刻显得低沈下去。只听得“保安队！保安队！”这样纷纷地嚷着。

我点起脚来看。

保安队二十多人，由一个队长带领着。束着子弹带。盒子炮挂在腰间。达，达，达，泥浆直溅。他们赶走了拥塞在那里的人力车，立定，向左转，少息，和大学生的队伍正相对面。

保安队带来了不少的新听众。人圈子围得更紧。这使我们再不能推挤人家，移动一步。

听众见保安队没有什么动静，也就静了下来。残雨似的人声渐渐收歇。清秀的人的声音重又管领了这个闹市。他从拿出力量来这一点发挥。他渐渐说到军人方面。那一种仗毫无道理，不必去打。那一种仗才有价值，非打不可。

从保安队那边传来了激动的声音：“你们的话，我们爱听！我们弟兄中间有好些个，四年前的一二八，在上海打过仗呢！”

啊，我永忘不了这回一二八！……我们离开了家，住在旅馆里。……早上，轰隆隆，晚上，轰隆隆，天天听炮声。……飞机像一群蜻蜓，飞来飞去。……妈妈做了棉背心，给打仗的兵士穿。……爸爸忙得很，天天跑出跑进。……仗打完了，我们回家去看，只见烧了个精光。……爸爸在上海没有事情做了，我们才搬到这里来。……我永忘不了这回一二八！……这队伍里就有当时打过仗的兵士……

我的脑子里正闪过这些想头，只听第二个保安队开口了：“我们中间还有东北人，我就是一个。东北人听你们的话，最能够知道斤两。你们的话不错呀，要不然，我们一辈子回不得老家！”

我又点起脚来看。

东北人和别地人没有什么两样，只他的脸色更激昂一点。

第三个却气愤地说：“回老家！我是不作这个梦了！人家不过热心，爱国，就被关起城门来拒绝，派了队伍来监视。你若是要动手夺回老家，该受什么样的处罚！”

“立正！向右转！开步走！”

不知道为什么，队长忽然喊着口令，把保安队带走了。

“拥护参加一二八的兵士啊！”

“拥护夺回老家的兵士啊！”

“军民联合起来，一致对外啊！”

一片呼声沸腾起来。手臂的林子在空中摇动。小白旗子矗得更高，拂拂地顺着冷风直飘。

“你怎么了？”我看见弟弟眼睛里有着水光，亮晶晶地。

“没有什么，”弟弟说，低下了头。“不知道什么缘故，我觉得心里酸溜溜地。”

我也觉得心里酸溜溜地，但决不是哀伤的酸。

这当儿，人群中起了一种呼叱似的喊声：“让开点！让开点！”

我回转头，从人头和人头之间望过去，只见在保安队走去的反对方面排着一队巡警，不知道几时来的，人数比保安队多上一倍的样子。几个巡警离开了队伍，扬起了藤条，在人群中间推撞，呼叱，替一个挂斜皮带的开道。

斜皮带通过了才开又合的人群，来到大学生的队伍前，自己说明是公安局长。于是听众纷纷移动，把他作为中心，团团围住。

公安局长脸孔涨得通红，言语不很自然。他问大学生谁是领袖，谁是负责的人，为什么干捣乱行为，为什么说捣乱的话。

一个大学生严肃地回答他：“我们没有领袖！我们个个都是负责的人！我们撞城门，爬城墙，是有的，可是要问为什么把城门关起来！我们说的话，这里许多同胞都听在耳朵里，你可以问他们，有没有一句甚至一个字是捣乱的话！”

听众一个都不响，大家把眼光注射到公安局长的身上。

公安局长大概觉得窘了，一只手拨弄着制服的钮扣，他喃喃地说：“谁关城门！……没有关城门！”

“没有关？此刻满城都知道这事情了，你会不知道？太把我们当做小孩子了！而且，也损害你局长的尊严！”

“哈哈哈哈——”听众齐声笑起来。

“总而言之，”公安局长动怒了，“我不准你们在城里宣传，你们得立刻出城去！”

“抱歉得很，我们不能依你的话。我们有我们的计划，预备在这里耽搁两天。只要有人听我们的，我们还是要宣传。因为我们至少有救国的自由！”

“我们要听你们的！”听众中间迸出爽脆的一声。

“这里有好几处闹市地方，”另一个声音继续着喊，“你们一处一处去宣传啊！”

“你们到城隍庙去啊！”弟弟也提高了小喉咙喊出来，身躯跳了几跳。“城隍庙地方大，人多！”

弟弟从清早起就对巡警抱着反感，这样喊了出来，报了深仇似地，显出痛快的神色。

“不错，你们到城隍庙去啊！”许许多多的喉咙涌出同一的喊声。

公安局长回转身，嘴里嘟囔着什么，态度十分狼狈。开道的几个巡警也不扬起藤条来了，只把公安局长围在中间，一同挤出了人群。

一些人乐意做向导。大学生的队伍跟着他们，向城隍庙涌去。公安局长不知道那里去了。巡警的队伍可并不撤退。见大学生走了，他们也就跟了上去。

我顿了一顿，立即牵着弟弟的手，三脚两步往前赶。赶过了大皮鞋铁塌铁塌的巡警的队伍，赶过了兴致勃勃的长袍短服的市民，赶过了沉默前进的藏青呢衣服的人物，我才仰起了头热情地喊："表哥！表哥！"

表哥沈吟了一下，这才拍拍我的肩膀，笑着说："明华，想不到是你！呀，你弟弟也在这里！"

弟弟叫了一声"表哥"，仿佛有点儿生分，也就不说什么，只是努力地移动他的两条腿，以免落后。

"我们听了你的演说，"我说。"完完全全，从开头听起。也听了你那位同学的演说。"

"你觉得怎样？"

"同刚才许多人说的一样，觉得你们的话不错。还有一层。平日听先生同爸爸讲一些时事，说救国运动怎样怎样遇到阻碍，我总有点儿不相信。今天可亲眼看见了。那个公安局长，听他的言语，看他的脸色，好像救国运动就是他的仇敌！"

"但是你也亲眼看见了许多听众激昂慷慨的情形。这几天里，我们遇见的听众差不多都是这样。因此知道，虽然有种种的阻碍，救国运动是扑灭不了的！"

"我想城门一定是那公安局长关的，"弟弟自言自语。

“也不必去推测是谁关的，”表哥接上说。“总之有人要拒绝我们就是了。”

我看过一些外国影片：军队出发的当儿，军人的亲属伴着队伍前进。絮絮叨叨地谈着话，旁若无人地表现各自的感情。现在我跟着表哥他们的队伍在大街上走，步子急促而有节拍，同样地谈着话。我觉得自己就是影片中的人物了，有一种说不出来的快感。

我问：“表哥，你什么时候到我们家里去?”

“这一回不能去了，”表哥抱歉地说。“我们出来时候约定的，共同过团体生活，谁也不能离开了队伍干自己的私事。”

我感觉很失望。心头模糊地想，这个能言舌辩多见多闻的表哥如果来到家里，就可以问他种种的事情，那多少快乐呢!

“你们今晚上住在那里?”我又问。

“现在还不知道，要等我们的交际员去想法。”表哥笑了一笑，又说：“说不定住在公安局!”

我对于这种泰然的态度非常地佩服。

在城隍庙又听了两位大学生的演说。没有出什么事。巡警的队伍只做了另一个队伍的陪客。

义务向导又要把宣传队领到紫阳街去。我们不去了，和表哥握着手，彼此说了许多声的“再见”。

公园当然不去了。到得家里，我们两个争着告诉妈妈，说表哥到这里来了。

但是妈妈说她已经知道了。

“妈妈，你怎么会知道的?”弟弟惊异地问。

“啊，舅舅上城里来了?”我看见衣架上挂着一根手杖，很粗的藤茎，累累地突出一些节瘢，用熟了，发出乌亮的光，这是舅舅的东西。

“舅舅就为找你们表哥来的。”

于是妈妈告诉我们：舅舅接了表哥的信，说寒假不回家了，为的要去做宣传工作。舅舅认为这事情不妥当，有危险，马上打快信去，教表兄务必回家。等了几天，不见人到，也没有回音。舅舅才亲自动身，找到学校里。但是人已经出发了，他一路打听过来，知道表哥来在这里，也就追到这里。听说今天早上这里关了城门，不让宣传队进城，他非常着急，来了之后只转了一转，坐也没坐定，就慌忙地跑去了。

“你们想，”妈妈到了儿说，“做父母的对于儿子的爱护，真是什么都不怕牺牲的！舅舅这样的年纪，手头又有许多的事务忙不过来，但是为了儿子，就能不顾一切，冒着冷风冻雪，到各处去奔跑!”

“现在表哥在紫阳街，”弟弟感动地说。“舅舅如果跑得巧，也到紫阳街，就会遇见他了。”

“不过我知道，”我揣度地说，“就是遇见了，表哥也不肯跟了舅舅回去的。”我把表哥说的团体生活的话说给妈妈听，接着把刚才所看见所听见的一切说了个详细。

下午两点钟的时候，舅舅跑来了。酱色的脸上淌着汗，眼珠子突得特别出，我和弟弟叫他也没听见，只是喘吁吁地说：“他，他们这批学生，给宪兵看守起来了！”

“在那里？”我们娘三个差不多齐声喊出来。

“在崇德中学！”

舅舅顿了一顿，于是叙述他刚才的经历。

“我坐了一辆人力车，各处地跑。好容易遇见一队宣传的学生。一个一个细认，可没有阿良在里头。问了才知道，他们共有四队呢。跑了一阵又遇见一队，也没有阿良。这当儿宪兵来了，赶散了闲人，两个对付一个，拉着学生就跑。学生不肯服从，还要宣传，并且喊，骂。这就不客气了，枪柄重重地落在他们的肩背上，腿膀上。你们想，我看着多少难过？阿良一定在受同样的灾难啊！”

“他们竟敢打！”我说了这一声，上颚的牙齿不由得咬住了下唇皮。

“后来我打听明白，”舅舅继续说，“宪兵押着学生往崇德中学去的。我就赶到崇德。宪兵守着门。大批的人在那里看望。他们说押了进去四批了。我知道阿良在里头了，急于要看一看他，他给打得怎样了呢？可是宪兵拦住了我，不让我进去！

“我说我有儿子在里头。唉，他们太不客气了，出口就骂：‘你生得好儿子，专会捣乱，还有脸孔在这里叽叽咕咕缠个不休！’我只得忍住了气，告诉他们我预备把儿子领回去，切切实实教训他一顿，教他往后再不要捣乱。他们不听我说完就是摇头，说：‘没有上头的命令，谁也不能放你进去，谁也见不着这批捣乱的家伙！’

“我再想向他们情商，他们的枪柄举起来了，他们把我当做学生看待！我这副老骨头也去吃枪柄吗？太冤枉了，这才转身就走。你们想，我心里多少难过？明明找到了，只隔着几道墙，他在里边，我在外边，竟不容我见他的面……！”

舅舅再不能说下去了。他在室中绕了一个圈子，就像直栽下去似地坐到一把椅子里，两手扶着椅子的靠手，胸部一起一伏非常急促，宛如肺病的患者。他的眼睛瞪视着墙壁，仿佛墙壁上正开映一幕可怕的电影：捆绑，殴打，挣扎，抖动，乃至流血，昏倒……他终于闭上了眼睛，似乎这些景象太可怕了，他不愿而且不敢再看下去。

“事情弄到怎样才了局呢！”妈妈垂下了眼皮，凄然叹息。

“谁知道怎样了局!”舅舅幽幽地说，闭上的眼睛仅仅开了一线。“我早知道这事情不妥当，有危险。他偏不听我的话，一心要去干。谁真个愿意当亡国奴?谁不想烈烈轰轰干救国?可是也得看看风色。国没有救成，先去吃枪柄，受拘禁，这是什么样的算盘!”

椅子上有什么东西刺痛他似地，他忽然站了起来，重又在室中绕圈子，同时喃喃地说：“你要宣传，回家来对我宣传好了。有什么说的尽说个畅，我总之竖起耳朵听你的。这样，既不会闯事，也过了你的宣传瘾。你为什么不这样做，定要跑到各处去宣传呢?”如果有人在隔壁听着，必然以为表哥就站在舅舅面前。

唉，舅舅太误会表哥他们了！他们那里为了什么宣传瘾?我就替他们辩护：“照舅舅的说法，就等于没有宣传呀。宣传是巴望大家真心真意地听，并且吃辛吃苦地干的，所以非各处去跑不可。”

“怎么，”舅舅站定在我面前，睁大了眼睛，“你倒同阿良是一路!”

“今天早上，我和弟弟遇见了表哥。”

“你们遇见了他!”舅舅的脸色显得又妒忌又惶惑，他焦躁地问：“你们看见他怎么一副形相?”

“他说来很有精神，很有道理。听的人满街，他们的心都给他说动了。舅舅，要是你也在场，一定会像许多人一样，不只是听了他的就完事。”

“坏就坏在这种地方呀!”舅舅顿着脚说。

“为什么?”弟弟仰望着舅舅的鼓着腮帮的酱色脸。

舅舅不回答，却转个身，走到妈妈面前关切地说:“我看两个外甥也不用进什么学校读什么书了。进了学校读了书，仿佛吃了教，自然会有那么一套。你不听见吗，明华的口气已经同阿良是一路了!”

我不知道舅舅什么心肠。同表哥一路不好吗?难道该同公安局长他们一路?他又说我们不用进学校读书了，真是奇怪的言语!我不禁有点恨他。

舅舅继续说:“这一回我若把阿良弄回去，再也不让他上学了。大学毕业虽然好听，有生发，冒了生命危险去挣它可犯不着，犯不着。我宁可前功尽弃，让他在家里帮我管管事情，做一个乡下平民。名誉上固然差一点儿，但儿子总是儿子，做爷娘的也不必提心吊胆了。”

“啊，我老昏了!”舅舅突然喊起来，一只手按住太阳穴。“为什么不找冯老先生想想法子呢?现在我就去，找冯老先生去!”

电灯亮了，爸爸已经回来，这时候舅舅重又来了。满脸的颓唐神色，上气不接下气地说:“又扑个空!扑个空!……拿了冯老先生的信赶到崇德，……去了!……给宪兵押上火车，递解回校去了!……还得赶到学校去找他!……这只得过了年再说了。……我的事务还没有料理清楚。……明天就是大年夜。……末班轮船早已开了，……此刻只得雇船回去！”

爸爸劝他不必着急，递解回校，这就不妨事了。又说表哥这样的历练，对于他自己也是有益的事情。

妈妈请他吃了晚饭再走。

“不吃了。我饱的很——急饱了！跑饱了！此刻马上开船，到家也得十二点了。”

舅舅说罢，提起那根藤手杖，转身就走。我们送他到门首。一会儿，他的背影在街灯的黄光的那边消失了。

檐头滴滴搭搭挂下融雪的水来。

一篇宣言

校长先生接到了一个电报。依习惯先看末尾，写着“教厅咿”三字。是教育厅来的，眼光像闪电一般射到电文的开头，又像蚂蚁那么爬，爬过这些蓝色复写的文字。原来并不是什么严重的事情，这才定了心。

电文的意思不过是你们一地方有一班教职员最近发布一篇宣言，这篇宣言是谁的手笔，望调查清楚，立即电覆。

“宣言确曾在报纸上看见过，谁的手笔可不知道，”校长先生想。“他们干这件事情仿佛只瞒着我一个人，各校教职员签名的有五六十个，我校的二十几个同事，除掉一个公民教员，都在里头了。直到报纸把这篇宣言登了出来，他们还是若无其事，不对我提起一声。我说，‘今天你们发表了一篇宣言？’张先生正在我的对面，他眼睛看着墙壁，说，‘不错，我们发表了一篇宣言。这样乌烟瘴气，喉咙口忍不住了，说了这一番话，才觉得爽快一点。’其余几个人好像没有听见我的话，顾自看他们的教本，批他们的笔记，还有一两个装作忽然想起了什么事情的模样，匆匆走了开来。总之，他们不愿意同我谈到这篇宣言，我不是瞎子，我看得明白，我为什么定要同他们多谈呢！”

但是，教厅的电报执在手里，那边在等着电覆，现在是不得不再同他们谈一谈了。私下打听也未尝不可，可是所费的时间多。去问别的学校参加签名的教职员，又当然不及问自己的同事来得直捷痛快。自己的同事有二十几个，问谁呢？那几个假作没有听见的有点讨厌，不去问他们。还是张先生，他虽然眼睛看着墙壁，对于人家的询问总算给了个理睬。只要他说一声，这篇宣言是谁写的，把那人的姓名回复教厅，一件公务就办了了。

于是美术教员张先生被请到校长办公室。校长先生让他坐下，就提出简单的问话：“你们的宣言由谁起草的？我要知道这个，请你告诉我。”

“王咏沂王先生起草的，”张先生毫不迟疑地说。

“王先生起草的？我可没有料到！”校长先生立刻感到这件公务并不怎样轻松，仿佛有一条拖泥带水的长鞭子抽过来，绕着他的身躯，一时未必容易把它解脱。

“虽然由王先生起草，意思却是公同决定的，”张先生说着，用手指梳理他的留得很长的头发。“那一天大家聚在一起商量，一个说，这一层应得提一提，另一个说，那一层也得说一说。大家斟酌过后，凑齐了一串的意思。记不清是谁提议道，‘就请王咏沂先生把这一串意思写下来吧，他是国文教师，笔下来得。’王先生当仁不让，回来就起草了这篇宣言。”

校长先生一个手指敲着桌面，搭，搭，搭，搭，眼睛直望着章炳麟写的一副篆字对子，他自言自语说，“事情只怕有点不妙。”说了这句随即缩住，脸上现出后悔的神色。但是经过了半分钟光景的踌躇，眼光终于移到张先生脸上，他轻轻地说，“教育厅刚才来了电报，叫我调查起草人呢。”

“调查起草人，这是什么意思？”

“谁知道什么意思！总之不会因为这篇宣言写得太好，要请起草人去当总秘书，这是一定的。王先生当时不担任起草也罢了，旁的学校也有国文教师，何必他老先生出手。”

“担任起草并没有错儿呀。”

校长先生对这个离开学生生活不久的美术家看了一眼，叹息说，“张先生，你的想头太坦白了。你多担任几年教师，想头就会和此刻不同。你说没有错儿，依我想，他们在调查，保证有错儿，只不知是重是轻。即使很轻，偏偏落在我们校里，你想，岂不是麻烦的事情？”

“这样吗？”美术教师感觉怅惘，又有点愤愤，一时说不出什么。

“既然是王先生起的草，我不能不据实回覆，不过总得告诉他一声，”校长先生重又自言自语。随即按电铃招来一个校工，教他去请王先生。

王先生来了。坐定下来，依习惯摘着胡须根，油亮的袖底几乎涂满了红墨水迹。听罢了校长先生的叙述，他有点激动，两颊发红，可是沈静地说，“这确是我起草的，请校长回覆教厅就是了。我想，这里头并没有什么大逆不道的话。要维护领土的完整，要保持主权的独立，无非这一点意思。只要是中国人，只要是有心肝的中国人，醒里梦里谁不想着这一点意思？”

张先生接上说，“前几天北平二十多个大学教授发表一篇简单明了的宣言，意思也是如此。用一句老话，可以说人同此心。”

“大学教授可以说的话，在中学教员口里也许就不配说了，所以最好还是……”校长先生觉得这样说下去未免多事，就换个头绪说，“这篇宣言既然是王先生起的草，对于教厅方面，我不能不据实回覆。你王先生也谅解这一层，自然再好没有。不过为减轻责任起见，不妨说明意思是公同的，只由个人执笔而已。”校长先生的声调显得非常关切，怜悯的眼光透过大圆眼镜落在王先生的不很自在的脸上，好像面对着一个淘气而不见得可厌的孩子。

“这样也好，”王先生接着说，就同张先生退出了校长办公室。

校长先生把覆电打出以后，当天晚上，又接到教厅的电报，教把王咏沂所教两班学生的作文本子快邮寄去。"果然不出所料，"这样的一念闪过校长先生的心头，缠在身上的无形的鞭子仿佛更紧了许多。这不比平常的抽查成绩，显然是祸事临头的预兆。如果祸事像一群的陨石，不只打着一个人，却落在多数人的头上，那真不堪设想。天气本已寒冷，这当儿尤其觉得凛冽，好像换穿了单薄似的。

作文本子由王先生收集了来，校长先生就留住王先生，请他陪同做一夜的夜工。

王先生泰然说，"校长的意思是把这些本子覆看一遍吗？我想不用了。对于批改的工作，我自己有数，不至于马虎的。"

"不是这么说。王先生，你想，如果这些本子里有着什么不妥当的话语，事情不是很糟吗，尤其对于你？"

"不妥当的话语？"王先生笑了，"我自问是个最妥当的人，我们的学生也给管教得妥当不过，不妥当的话语怎么会像蛀虫一样钻进这些本子里去呢？"

"什么事情总得谨慎，谨慎是不嫌多余的。"校长先生有点儿窘，但是越想越觉得他的主张非贯澈不可，于是说，"我以校长的名义，请你为学校着想，帮同我覆看一遍吧。"

这就没有什么说的了。王先生和校长先生直看了一夜的作文本子，天刚发亮，早起的麻雀在檐头唧唧叫着的时候，他们才把这辛苦的工作做完。眼睛虽然离开了本子，还只见歪歪斜斜的字迹，像垃圾箱上面的苍蝇，像傍晚天空的乌鸦，飞舞着，回旋着。王先生担任的是初读，读过一本，递给校长先生去重读。校长先生读得尤其当心，一个词儿，一句句子，都得细细咀嚼，辨出它含在骨子里的滋味。那滋味确是妥当的，王道的，才放过了，再辨另外的词儿和句子。可是辨了一夜的结果，只发见在“《秋天的郊野》”这个题目之下，有七个学生提起农人割稻，用着“镰刀”字样，校长先生认为不很妥当，把七个“镰”字都涂去了。

“大概没有什么毛病了吧?”校长先生打着呵欠说，同时捻灭了悬空的电灯。

王先生非常疲倦，又生气，早知道仅仅涂去七个“镰”字，一分钟工夫就足够了，何必消磨整个的寒夜。他似理不理地说，“校长亲自看过，大概没有什么毛病了。”

校长先生于是把书记员从热被窝里叫起来，教他把两级学生的作文本子分包封固，立刻派人去等候邮局开门，快邮寄出。

教厅来了两个电报的消息在全校教职员间传播着，各人心头仿佛沾着了湿泥，很讨厌，可是黏黏地剔不去。

教员预备室里的谈话，就集中在这上边。

“起草了一篇宣言，就要看他批改的作文本子，傻子也揣得透，这篇宣言有问题了。”

“有什么问题呢？里头说的只是顶起码的话，报纸在那里说，别地方的教育界在那里说，北平的学生也在那里说，难道我们就不能说？”

“不看见昨天的报纸吗？上海的学生也在那里发表意见，和我们的宣言差不了多少。”

“问题大概就在这里。学生闹的事情，教职员怎么可以附和在一起呢？北平的学生该打该抓，我们发表宣言就该受侦察了。”

“这样说起来，教职员要和学生对立才是呢。”

“哈哈，这原是现在的真理。如果不和学生对立，也就做不好教职员。我们能够在这里吃一碗饭，多少总站在和学生对立的阵线上——并不是拆自己的衙门，真理是这样，不说也还是这样。”

“那末，我们根本就不应该发表宣言？”

“这个得分开来说。我们有双重的人格，一个中国人，又是一个教职员。在中国人的立场上，人家听不听且不问，这一番话非说不可。至于教职员，好比编配在队伍里的兵士，惟有绝对地服从，不能够自由说一句话。谁会看见第几连第几排的兵士发表过什么宣言？”

“我们各自署上姓名，并没有写什么学校的教职员，正是站在中国人的立场上。”

“人家把我们移到了教职员的立场上去呢？”

“那只有受处分的份儿了。”

谈话中止了，墙上时计的的搭声突然显得响亮起来。种种微妙的思想像蚯蚓一般在各人心里钻动，钻动，画成种种模糊的总之不见可爱的图画。

“如果处分落在王先生一个人身上呢？”美术教员张先生环视着各人的脸，热切地问。

“我们替他辩白，他没有错儿。”

“况且是大家的公意，他不过动手写了下来罢了，即使有错儿，也该大家有份。”

“为什么要自己承认有错儿呢？”

“我们可以联合所有签名的人，一同去见厅长，对他说，我们无非爱国的意思，难道现在已经到了不准爱国的时候吗？……”

这当儿，校长先生的身影镶嵌到印在地板上的斜方门框里，于是时计的的搭声重又显得响亮起来。

过了两天，教厅的第三个电报又来了。校长先生慌张地拆开来看。看罢之后，缠在身上的无形的鞭子似乎抽回去了，他长长地吐了一口舒畅的气。

电报的内容是这样：查阅王咏沂批改的作文本子，尚没有什么不妥当，除立即解除教职外，不再给他旁的处分。

校长先生省得口说麻烦，就把这电报送给王先生看。王先生只觉身子往下一沈，模模糊糊之中，他看见东北无家可归的同胞，他看见黄河流域长江流域饥寒交迫的灾民，他看见大都市中成群结队的失业大众，而他自己的脸相就隐隐约约在这些活动图画中出现，这一幅中有，那一幅中也有。等到清醒过来的时候，他悄悄地带了行李，头也不回走出校门，坐上一辆人力车，直奔火车站。火车站上挤满了好几趟车的旅客，大家在那里说，上海学生闹事，只怕火车不会开来了。虽然这么说，大家还是等着，时时走到月台沿边去，冒着刮面的冷风，望那平指的扬旗。王先生加入这批旅客中间，一手摘着胡须根，也就怅怅地等着。

学校的教员预备室里传到王先生走了的消息的时候，大家有一种反胃似的感觉，同时朦朦胧胧浮起这么一个想头："如果这篇宣言由我起的草呢？"

邻 居

那一天傍晚时分，我和弟弟在门前玩儿。他向前走，两只手伸到后面来牵住我的两只手，算是拉黄包车。我一摇一摆跟着他。他嘴里喊：“黄包车来了，黄包车来了。”

忽然一辆脚踏车从里门口闪进来。我并不特意去看，可是知道骑在车上的准是住在我们西首的那个日本孩子。不过一眨眼的工夫，脚踏车已经来到我们的身边。为要让开我们这一辆“黄包车”，那日本孩子把车柄向左旋转。不知道怎么，他旋转得不得法，车身却向右翻转来。他赶忙跳下车来，这就撞到了我们的“小黄包车夫”。

“哇——”弟弟哭了。他的胸脯贴在地上，两只手支撑着，两只脚一上一下地乱动。

我有点动怒。用两只手托着弟弟的臂膀，把他扶起来。啊，刺眼的鲜红！他的张开的嘴唇涂着一腔的血。

“对不起，对不起，”日本孩子用中国话表示歉意，一壁把脚踏车靠在他自己门前的墙上。回转身来，看见鲜红的血，他也慌了，满脸涨红，直到颈根。他想了一想，说："我去拿冷开水，冷开水，"就达达达跑进他的家里去。

一会儿冷开水拿来了，还有消毒棉花。他蹲身下来，用棉花蘸了冷开水，给弟弟的嘴唇轻轻揩抹。弟弟还是"哇——"地哭，豆粒大的泪珠儿一颗颗滚下来。我这时候好像医生的一个助手，把弟弟的后脑托住，使他的面部仰起一点，同时安慰他："不要哭了，一点点的痛算得什么呢！"

"还好，还好，"日本孩子把弟弟嘴唇上的血揩去之后，放心地说。的确还好，只上唇和下唇的黏膜各有三四分宽的一处破碎，鲜红的血还在渗出来。

妈妈听见了声音跑出来了。她问明白了原因，又知道弟弟并没有受到旁的损伤，就拍着弟弟的身躯说："你再张大了嘴哭，血要出不止哩。不要哭吧，我们进去看图画书去。图画书上有高背心的骆驼，长项颈的鹿，很好玩的。"

弟弟听见图画书，渐渐停止了哭，一只手揩着眼睛，一只手牵着妈妈往家里走。

日本孩子挺直了身躯，又诚恳地说："对不起，对不起。"

这时候我的怒气已经消散了。我回答他说："你不必放在心上。你也并不是有意的。”

“当然并不是有意，不过你的弟弟吃这个小苦头，总是我累他的。”他说着不纯熟的中国话，态度像一个在先生面前悔过的学生。

第二天傍晚时分，他到我们家里来看我的弟弟。带来四个嫩绿色的饼，算是送给我们的礼物。

弟弟的嘴唇已经结好了，留着两个殷红的瘢，他看嫩绿色的饼很可爱，就取一个在手里。

日本孩子说：“这是日本的东西，皮子和馅子都是豆做的。味道还清美。你们尝尝看。”

我请他自己也吃一个。味道的确不错，比起我们的月饼来，没有那样甜，也没有那样腻，真彀得上清美两个字。

从此之后，我和他遇见了常常随便谈话。我才知道他是生在上海的，在一家日本书店里当学徒。他的父亲在一家日本的什么铺子里做伙计，到上海来将近二十年了。

他告诉我日本的种种风俗：门首放着斜劈的青竹竿是什么意思。屋顶上矗起鱼形的布袋子是什么意思。他告诉我住在日本的他们的亲友的苦况：做伙计的找不到职业。种田的吃不到自己种出来的东西。

我也把我家的情形告诉他。因而说起“一二八”那一回打仗把我家什么都毁了，光剩几个人没有死。像小鸟做窠一样，今天衔一根柴，明天衔一棵草，我们把家从新建立起来。可是到现在还没有弄像一个家，有了箱子没有橱子，有了棉的没有夹的。

“我们也一样！”他激动地说。“那时候我家住在宝山路旁边，炮弹把我家什么都毁了。比起你们来，我们这场灾祸尤其没有名目。你们算是为国牺牲，我们算什么呢！”

“你们当然也是为国牺牲啰，”我顺口这样说。

“这是你挖苦我了。他们胡闹，他们欢喜干强盗行为，我们为什么要给他们牺牲呢！”他的声音有点发抖，他的眼睛里含着愤怒。

我抱歉地说：“请你原谅吧，我不应该这样说的。总之，你们的牺牲和我们的牺牲，都得上在这批欢喜干强盗行为的人的账上。”

“这样说才对了，”他点点头，接着他又恨恨地说：“日本人中间有这批人，是日本人的羞耻！我是一个日本人，在这一点上，我真实地觉得对不起你。”他说着，紧紧握着我的手。

我心里着实有点感动，可是我回答他说：“你觉得对不起我也没有什么用处呵。我们总得锻炼自己的力量，用力量对付这批人，使你再不用觉得对不起我。”

他把我的手握得更紧一点，歇了一会儿才说：“我们也得锻炼自己的力量，自己的力量！”

我们东首那家人家搬走了。过了三天，就有新搬来的。搬来的东西有矮矮的紫檀儿，铺地用的厚席，一望而知是日本人家。随即看见我们的新邻居只有夫妻两个，没有小孩子。男的浓眉，高颧骨，连鬓短髭须。女的很瘦弱，涂了满脸的粉，一副可怜的样子。

后来就难得看见那男的。只见女的出去买东西，提了水桶冲洗门前的一段水门汀地。据西邻的日本孩子告诉我，他打听明白了，那男的是什么会社里的高级职员。

一天夜间，我睡熟了，突然给一种声音惊醒。“砰！砰！砰！”好像木匠在拆板壁，抡起斧头死命地敲。我张开眼睛看，妈妈起来了，衣服没有扣整齐，手里抱着缩做一团的弟弟。爸爸的声音在亭子间里，带着怒气问：“你做什么？你做什么？”

回答是“砰！砰！砰！”还有叽哩咕噜的许多话语，听不清什么，可是辨得出那是骂人的调子。

我赶忙穿衣服，离开了床，向亭子间跑去。虽然妈妈阻止我，说：“不知道是什么蛮横的人，你不用去看，”可是我并没有听从她。

我从亭子间的窗口望下去，看见一个人像理发匠捶背似地在敲我家的后门，“砰！砰！砰！砰！……砰！砰！砰！砰！”路灯的光照着他的脸，浓眉毛，高颧骨，正是我们东首的新邻居。他的脚步有点站不稳，敲了一阵，身躯摇了几摇，就向前直撞，不得不伸起两条臂膀来支撑住。

“半夜三更，你来敲人家的门，做什么?”爸爸提高了喉咙喊，完全改变了平时的声调。

又是一阵“砰！砰！砰!”大概他的手觉得痛了，换了脚踢。门框震动，波及到亭子间的墙，好像要坍下去似地。他的嘴里沸水壶一般滚着日本话，我们听不懂。

这时候里里的人听见声音出来看了，男男女女聚了二十几个，中间有几个日本人，西邻那孩子的父亲也在里头。他走过来同浓眉毛搭话。浓眉毛这才摊手摊脚地回答他，一会儿指指我们，一会儿向空中举起他的拳头。

西邻那孩子的父亲听明白之后，他用中国话告诉我们。说那人来敲门，为的是我们家里有一个孩子骂了他家“东洋乌龟”，特地来找大人论理的。

这个话真把我气得要死。孩子，我们家里只有两个。弟弟年纪小，独个儿不会出门。那末骂他家的就是我了。我为什么要骂他家呢？讨一点嘴上便宜，学那种孱头的行径，我是向来不干的。我就对爸爸说，我决不说谎，我没有骂过他家。

爸爸托西邻那孩子的父亲告诉那人。凭正直的中国人的名义答复他，我们没有骂过他家。

那人表示不相信的态度，脸红红地说了许多话，接着又回身敲我家的后门。几个日本人商量了一会，走近来把他扶住，大概向他说一些劝慰的话，同时推推挽挽地送他进他家的后门。

人散了。各家的门咿呀地关上。只听隔墙的楼梯蹬得腾腾地响，打着骂人调子的日本话滔滔不绝。

我们受了这一场诬赖，心里都感觉不痛快，重行睡到床上，一时睡不熟。忽听“拍！拍！”两下，是手掌打着皮肉的声音，随即有呜呜咽咽的女子的哭声。“拍！拍！”又是更重的两下，哭声突然尖锐起来，拖下去转作震荡的调子，可以想见那个满脸白粉的人正在打滚呢。

我听，听，听，哭声渐渐模糊了。

第二天早上，我到学校去，西邻那孩子正骑着脚踏车出门，看见了我就下车来和我一同走。他告诉我，父亲方才对他讲昨夜的事，原来那人喝醉了酒，先前不知道受的什么气，酒下肚就找人家生事。他又说里里的几个日本人都派那人不是，没凭没据，怎么能随便诬赖，半夜里乱敲人家的门。

我听说那人喝醉了酒，心里倒宽了不少，胡作胡为都不由他的意思，我们又何必怪他。我接着说：“他的醉很可以了，昨夜回到家里，还打他的妻子呢。”

“他气到这样地步，想来真有人骂了他了。你是不干这种没意思的事的，我相信你。可是有些人却在那里干。我在路上经过，耳朵边也常常听到‘日本小鬼’的骂声。”

“这不能怪他们，中国人和日本人中间的感情太坏了。”

“我也知道这一点，所以每听到一回骂声，我不恨那骂我的人，却另有种说不出的难过。”

谈到这里，我们已经走到里口。他就跨上脚踏车到他的店。我自到我的学校。

这一天下午，我从学校回家，看见有一个巡官三个警察坐在客堂里。那麻脸的巡官看见了我，把头歪一歪，问说：“骂人的就是你吗？”

“骂什么人？”我不明白。

巡官努着嘴向东墙示意，说：“隔壁的日本人。”

妈妈替我回答说：“我们没有骂过他家，刚才已经对你说过了。”

“不行呵。你们没有骂过他家，他到领事馆去可说你们骂过他家，领事馆就向我们说话来了。”

我听说，把宽恕那人的心情完全打消了，他硬要咬定我们，真是无赖的行径。我恨恨地说：“他自己喝醉了酒，诬赖人家，半夜三更乱敲人家的门，他应该受捣乱公安的处分！”

“他应该受处分？他要求我们处分你们呢！告诉你，小弟弟，现在是什么日子，你要弄弄清楚。对日本人应该客客气气，上头有命令，我们要同他们和睦。总不要嘴里不干不净，也不要暗里丢一块小砖头，射一根细竹片。闹出事情来就是交涉，交涉！你这小身体担当得起吗？”

巡官的态度倒并不凶，他像学校里的先生，我是在他面前受训诫的学生。可是这训诫我实在受不了，仿佛有许多尖刺，从后脑沿着背脊一直刺下去似地。我避开了那个麻脸，我自解开我的书包。

这当儿，爸爸回来了。巡官把那一套话重说了一遍，又说现在没有别的，无非警告我们的意思，以后可千万要当心。

爸爸的脸色很不好看，斩钉截铁地回答说："以前我们没有骂过他家，以后也决不会无事无端骂他家的，请你放心好了！"

于是他们四个去了。可是我们吃过了晚饭的时候，又有两个警察被派了来。先在我家客堂里坐坐，据说要在这里看守个通夜，一个前门，一个后门。爸爸说："我们这里并没有事，做什么要看守呢？"

"只怕你们闯事呀，"一个太监脸的警察说。

"我们没有闯过事，做什么要防我们闯事呢？"爸爸的声音又像昨夜对那敲门人说话时候一样了。

另一个警察按一按他的红鼻子，向东墙努着嘴说："你要知道，他们不好缠的呢。你们没有闯过事，我们也清楚。有我们在这里看守，你们也省得受冤枉。我们原是来保护你们的。"

"这样说起来，我应该感谢你们呢。——对不起，我家要关门了，请你们到外头去吧。"爸爸作着冷笑送客。

太监脸的警察从前门出去。红鼻子的警察从后门出去。他们都显出一副不高兴的脸色。是爸爸的话使他们难受呢，还是不情愿担任一夜的露天看守，我可不知道了。

我们睡到床上，只听皮鞋底的铁钉一步一步打着水门汀地发响。

第二天早上，派来两个警察调班。到了下午，太监脸和红鼻子又来上班了，他们把我家的客堂作为休息所，坐下来抽一支香烟，讨一杯茶喝，还杂七夹八讲一些关于他们私生活的事情。我们问他们："这看守的差使什么时候才完了呢?"他们扮一个鬼脸，说："不知道呀。"

第三天早上，我又遇见西邻那孩子。他告诉我说："东首那家伙经人家派他不是，脸上下不过去，他就坚持他的醉话，报告了领事馆。真是活见鬼，你看，警察守了两夜了。而且，他去领事馆不止一趟，听说昨天又去了。"

"那末今天或许又有什么新花样发生了，"我豫感地说。

我的豫感果然应验了。下午放学回家，看见一个什么员带着四个警察坐在那里等我爸爸。妈妈对我说，他们一家一家都去关照过了，因为我家情形特殊，非等爸爸回来当面关照不可。

妈妈又说："有些人家在怨我们呢。他们不问事情的底细，只说我们闯事，累他们住得不平安。"

我听了感到异样的不舒服，只好对妈妈苦笑。

爸爸回来之后，那什么员像训斥他的属员一样满不在乎地说：“据说昨天又有人在骂你家隔壁那位邻居了。”

“他说是我吗？我的女人吗？我的孩子吗？”

“倒没有说，总之又有人在骂他就是了。”

“那我可不知道。也用不着教我知道。”

“我对你说，对待日本人总要有礼貌，客客气气，和和睦睦，才是道理。你是读书人，应该看见了上头的命令。在你们这地方，尤其要当心，因为日本人住得多。一家不安分，闹出事情来，弄得大家都吃亏，不是要的。”

“请教你，这个话为什么要向我说呢？”

“不只向你说。一家一家都说过了。因为事情是由你们家里起的，所以特地当面对你说。”

“由我们家里起的？”爸爸的脸色发青了。

“吓，他昨天还在说呢，先是你家的孩子骂了他家。”那什么员转过他的肥脸对着我，点点头说：“恐怕就是这个孩子吧。”

我正在想，把这个肥脸重重地打它几下倒是痛快的事情，爸爸忽然顿一顿脚，用力地说：“他还在说，好，我同他决斗去！”

那什么员一把拉住爸爸的衣袖，肥脸上现出慌张的神色，说：“你可不可以轻一点说？决斗，那里可以瞎来来的？万一伤了人家一个指头，弄得兴兵动众，你就是十恶不赦的罪魁祸首！”

“不然，我只有让他。”爸爸坚决地说：“你们放心吧，明天我一准搬家！”

那什么员的脸色果然像放心了的样子，可是他拍拍爸爸的背心说：“搬家，那又何必呢？你若是搬了，倒见得怕了他似地，我们中国人太没有用了。”

“明天一准搬家！”爸爸头也不回，好像对他自己说的。“免得做十恶不赦的罪魁祸首，写在历史上遗臭万年！”

妈妈顺着说：“我也赞成明天搬家。这样啰啰苏苏缠不清，教人麻烦死了！”

睡了一夜，爸爸一清早就跑出去。我不到学校，帮助妈妈理东西。一会儿爸爸回来了，说租定了朋友人家一间楼面，同时把搬运夫也雇了来。

下午，前门那个太监脸的警察调班来了，看见搬运夫正把末了一车的东西拉走，他做一个很难看的笑脸对爸爸说：“到底你们读书人，懂道理，识相。让了他们就是了，何必同他们争什么意气。我们也好松一松肩膀，我想，明天该不用来上班了。”

爸爸没有理睬他。

我走出那所住了将近四年的屋子，特地走到西邻的门首去站一歇。黑漆的两扇门关着。那孩子还没回来呢。我竟不能够向他道一声分别。

逃 难

李先生从皮包里掏出钥匙，插进后门上的“司配令”，手势很熟练。后门开了，李先生偏身走进，就把后门关上，差不多没有一点声息。

楼下人家睡了，只楼梯上头漏下一道灯光来。李先生右手扶着楼梯的栏杆，轻松地一步一步点上去。二千五，一千八，再加三百，三百，六千的整数只差得一百了：他作加减法的心算。他有一种习惯，跟修行人有点相像：修行人空闲下来就默念阿弥陀佛，他空闲下来就作加减法的心算。

李太太正在那里上零用帐。帐簿是李先生在大学里用剩的学生点名册，已经有了出席缺席的符号，再写上淡铅笔的字，由老花眼睛看去，不免糊涂。虽然糊涂，李太太可不怕麻烦，总要耐着性儿一遍一遍计算，求得一个准确的总数。但是李先生回来了，她不得不暂时把手里的铅笔头放下。

李太太看见出现在门口的李先生满脸的喜气，笑意藏在眼下的几条皱纹里，尖尖的满生着短胡的下颔也透出一团高兴。三十年将近的夫妻还有甚么看不透，她知道他一定遇到天大的幸运了。这样的脸色是难得有的，只在得到大学里的位置的时候，曾经像黄梅天的太阳一样现过几回。最近几个月来，只见他皱眉头罢了。

李先生把皮包珍重地放进五斗柜的抽斗里，锁上了，袋好钥匙，然后在李太太的对面坐下。他说："今天又是教务会议，无非一些老套头，竟消磨了两三点钟。"他的眼光在学生点名册上停了一下，又说："我忘了，你把那瓶红玫瑰烧拿来，我是买了熏鱼在这里。"他站起来开抽斗的锁，从皮包里取出了一个草纸包，重又把抽斗珍重地锁好，才回到他的椅子上。

李太太在衣柜脚边拿起那瓶玫瑰烧，瓶肩上一层的灰尘。她用抹布揩了一周，拔去瓶塞，替李先生斟酒。殷红的液体在玻璃杯里涨起来，不到一寸光景，李先生连忙喊住说："有了，有了，这点尽够了。"她就住了手。

李先生解开草纸包，数一数，是六块，自言自语说："还不算少。"他检起一块"肚当"递给重又坐到对面来的李太太，说："你也吃一块。"

第一口酒沾着嘴唇，经过口腔咽下去，全身感到一种异样的松快，好像在理发铺里受那电气家伙的按摩。

同时他的嘴里发出“咂”的一声。

李太太眯齐着眼睛，用两个指头拔那块“肚当”的胸骨。

室内安静得像太平盛世一样。

弄口传来卖夜报的沙哑的声音：“……银行关哉……看夜报……老太婆……银行……夜报……”

“甚么？听！”李先生心里突然感到一阵空虚，睁大眼睛直望着李太太，他的右手不自主地把玻璃杯握得加紧，仿佛这玻璃杯是眼前仅有的把握得住的东西。

李太太莫名其妙，也睁大眼睛直望着李先生，说：“那是卖夜报的，每天晚上都来的。”

“我知道卖夜报的，听他说甚么！”

卖夜报的走近来了。“喂，阿要看夜报？货殖银行关哉！喂，阿要看夜报？铁门关得紧屯屯，门前男男女女拥有七八百，‘三道头’打也打弗开！喂，阿要看夜报？一个老太婆存有一百块洋钿，要拿老性命搭铁门去拼！喂，阿要看夜报？货殖银行关哉！……”

李先生这才透一口气，心里重又充实起来。一个踌躇不决的难题决定下来了，他呷了一口酒说：“明天一准去办！”

“明天去办甚么？”

李先生侧耳听一听，楼下人家并没有声息，才轻轻地说：“去拿回食货银行的存款。这一笔也是定期，八月十六才到期。可是等不及了，我情愿不要他们的利息，我只要拿回本钱。”

“为甚么不要他们的利息呢?”李太太问，随即撕一点熏鱼送到嘴里。

“你不知道，最近几个月来，我非常烦恼。只因对你说也没有用，所以一直闷在肚里。到今天，总算好了，我的最大的一笔存款拿回来了!”李先生说到这里，回转头去，用抚爱的眼光看那五斗柜的抽斗。

“是这样吗?”李太太还是不甚了了。

“你不看报，又不到外头去，你不知道外头的市面。外头市面很不好呢，金融窘迫，银行钱庄家家都危险。阴历年底，银行钱庄关门的有好几家，记得告诉过你了。接着是‘三底’，又有好几家关了门。不久端节就到了，不知道又该轮到那几家倒楣。刚才不是听见的吗?货殖银行今天关门了!银行钱庄一关门，存钱的人就好比跌落在井里头，伤重伤轻，有命没有命，都得看你的运道。你想，我积起一点钱来不是容易的事，如果银行倒了，岂不白费了一辈子的心?而且我的钱又都存的定期。你想，教我怎么不要烦恼得好像脑筋上一直束着一条索子?”

“我看你常常皱眉头，原来为了这个。”

李先生又呷了一口酒，嚼着熏鱼，脸上做出一副懊丧神色，继续说：“我走到大学里，一班同事聚在一块，谈论的无非是甚么银行靠不住了，到端节有二三十家银行钱庄要倒闭了，现在是金钱都要逃难的时代了，这一套话。我不去接他们的嘴，好像这些事情同我全不相干一般，但是我的心里正在想我的钱能不能逃脱了这灾难。我走到街道上，看见这一家是特别大减价，那一家是关店大拍卖，闹市的转角处，店铺大多剩了空屋，有几条街上，竟接连有十几个店面贴着召租。我不敢看这种景象，把眼睛直望着前面，但是我的心里好像有谁在告诉我，钱要逃难是很少希望了。”

“哦，”李太太听得出了神，只连连点头。

“我熬到今天总算好了！”李先生这才把刚才藏在眼下的几条皱纹里的笑意施展到颧颊部分。“那家银行幸而没有关，我的最大的一笔存款连本带利都拿回来了！”他尖着嘴指那五斗柜的抽斗，他声音转得更轻一点说：“三千五百块，就在我的皮包里。”同时三千五，一千八，再加三百，三百，六千的整数只差得一百了：他又电掣一般温习了一回加减法的心算。

“这的确是可喜的事情，”李太太也回报他一个笑脸。

“明天去拿回了食货的那一笔，就更放心了。在这个时期，谁挨得过去谁挨不过去全没有准儿，况且前几天食货已经有谣言，今天不关，说不定明天后天就关。我明天一早去提，只要拿回本钱，不要他们的利息。算利息也有百来块钱呢，就为这一层，我一直踌躇。现在是决定牺牲了，我知道贪小就要失大。我只希望他们要关在明天下午关。”

“你拿回了这许多钱放到那里去呢？”李太太看看那五斗柜，想这里决不是安全之所，时常有得听见，几个强盗拥进人家，伸出手枪教主人自己开抽斗开箱子，拿了东西就走，还说若要报捕房就得吃手枪。

李先生喝了红玫瑰，带紫的脸皮显出光彩，他用两个指头摘那下颔的短胡，得意地说：“自然还是存到银行里去。已经想停当了，明天去看乐山，一股脑儿托他存在他的银行里。”

“托乐山？”李太太不禁有点疑怪，她觉得这个办法跟李先生平日的脾气很不相应。

李先生立刻明白了李太太话里的意思，笑一笑说：“我会对他说：‘这笔钱是一个知己朋友托我的。老表侄在这里当会计主任，请看我的面子给照顾一下。万一银行有甚么风险，就托老表侄尽先提一提。’这样对他说，不是一点痕迹都没有吗？这回当然存活期了，存折就托他藏在保险箱里。”

李太太很佩服李先生的周妥，热诚地说：“这样是再好没有了。”

“然而也不过眼前之计罢了。”暂时忘记了的忧虑重又兜上李先生的心头，他的声调就不免带一点凄楚。

“你不知道，通货膨胀，总有一天要来的——这就是说，市面上只许用钞票，钞票不兑现洋钱。听他们说，来的时期不远了，不是今年就是明年。你想，到那时候，样样东西都飞涨起来，一双鞋子要五十块钱，一件衣服要两百三百块钱，我的钱存在乐山的银行里，就算一毛一分都不被倒掉，又买得成几双鞋子几件衣服？”

“要这样吗？”李太太怅然望着摊在草纸上的四块熏鱼，心里糊里糊涂在想，到那时候，一包熏鱼该要十块钱吧。她记起李先生讲给她听的故事来了。“不是从前外国人打仗以后，德国有一个有趣的故事吗？哥哥成人，把父亲的遗产存在银行里，结果钞票不值钱，弄得完全没有办法。弟弟不成人，把父亲的遗产都变了酒喝到肚里，剩下半屋子的空酒瓶，结果酒瓶有用，还可以换好些时的饭吃。依我想，时世既然这样子，你的钱也不用存到银行里去了，还是买点真凭实据的东西来得好。到那时候，我们就像那个弟弟，还有半屋子的空酒瓶。”

“买点真凭实据的东西！”李先生把玻璃杯一推，表示他对于李太太的计议的蔑视。“你说说是很容易的。你要知道，究竟是说少也不算少的一笔钱呢！”同时他又来一回加减法的心算：三千五，一千八，再加三百，三百，六千的整数只差得一百了。“去买甚么东西好？买米吗，要蛀的。买纱吗，要烂的。而且那里来栈房？”

李太太又只有点头的份儿，她相信米跟纱虽是真凭实据的东西，可是都不能买。

“回到家乡去买十间八间房子吗……”

“这个想头对了！”李太太本来就讨厌在上海住家，十五块钱租一间前楼，甚么事情都限定在这里干，对面是人家的晒台，不拉拢窗纱，就同住在路旁一样，晾衣裳上晒台，要走那伶伶仃仃的扶梯，取水要去凑楼下的自来水龙头，又是十几级扶梯……住家在上海的不安舒不便当，她说起来至少有一个钟头好说。如果有十间八间房子，在家乡地方，又是自己的，安安舒舒住在里头，她想，那才真个叫做享福了。

“你说这个想头对吗？吓，房子还没有买成功，家乡的小报早就给你登出来了，那些传消息的人早就给你在茶馆里传扬了，说李某人在上海发了财，现在回乡买房产来了。于是姓张的跑来看你，没有办法，帮上点忙，姓王的赶来寻你，过不下去，借几块钱。那还算安逸的日子吗？而且房产也不是顶牢靠的东西。土匪闹事，打家劫舍，是常常有的。又逢去年这样的年成，种田人没有米吃，只好吃草根树皮。倘若闹起事来，十间八间房子那里禁得起一烧。还不是一场空？”

李先生把可能的生路都指出来，但是立刻自己批驳，说明这并不是生路。这就陷落在四面碰壁的境界里头，除了一声绝望的叹息再不能作甚么努力。藏在眼下几条皱纹里的笑意完全消失了，眉头蹙得紧紧，皱纹构成怪虫似的图案。但是忽然又像变得非常达观。他苦笑地说：“这点点钱算得了甚么！丢了就丢了！人家几十万几百万，还不是一样地靠不住！”

室内静默。窗外传来小孩的啼哭声。

李太太意兴阑珊地把眼光回到学生点名册上，觉得自己写的淡铅笔字一片模糊，就想起了最近萌生的一种微薄的欲望。她露出希冀的脸色对李先生说：“今天我到隔壁王家去听无线电话，有一家眼镜公司在那里报告，说无论平光的近视的老花的眼镜只要一块多钱，而且是德国货。我想去买一副来戴，近来上帐越来越看不清了。”

“那只要改在白天上好了。你又不看旁的书报，针线也难得做，何必买眼镜。”李先生一手支着多胡的下颌，爽脆地给她一个驳覆。照他的神态，好像说，眼睛老花算得了甚么，看不清就看不清好了。

“你说不用买就不买。”三十年将近的顺从，使李太太听了这驳覆绝不发生一点反感。她明白李先生的脾气：买一件东西总得经过多方的考虑，为的是只怕浪费了钱。她明白李先生的兴味就在积钱的数字上：前几年他还没有整数的存款，抽斗里藏着几个大红的墨绿的小折子，每一回带了一个出去又带了回来，看看那末一格里记着的阿剌伯数字，至少有两三个钟头的高兴。她也曾近乎撒娇地问过他，膝下既没有儿子，所生一个女儿已经出嫁，手头有钱落得享用，何必尽积在这些大红的墨绿的小折子上。他的回答很妙，他说："何必积在小折子上，你的话说得好轻易！我自然有我的道理，你不会懂得的。"她就相信他有他的道理，这个道理非常深奥，她也不再希望去懂得它。现在他不赞成她买眼镜，她想，跟那非常深奥的道理至少总有点儿关系。

第二天早上，李先生醒得很早。睁开眼来，立刻瞥到五斗柜的那只抽斗。抽斗好好地关上在那里，同昨天晚上他临睡的时候一样。他匆忙地起身，拉开转成了灰色的白洋纱窗帘，窗外正下着濛濛的细雨。

李太太随即起身，料理李先生盥洗穿衣的事。两个人把昨晚剩下的熏鱼作为小菜，相对吃了早粥。李先生就匆匆地挟着皮包撑着雨伞出门。

他搭了三等电车到大学门口，号房正在刷牙齿，白腻的浆汁涂满了嘴的周围。

"你给我到教务课去说一声，我今天有事，上午的课不能上了。"

号房没有抽出牙刷来，只对李先生点了点头。

李先生重又跳上电车，过了几站换乘另一路的车。直到将近食货银行的一站，他怀着"不要刚刚碰到厄运"的恐惧心情跨下车来。

五层的建筑兀立在他面前，粗大的石柱淌着汗，铁门沈默地关着。他的心突然一沈。但是他立即觉察，铁门上并没有甚么布告，那只是还不到开门的时刻罢了。几个报贩急忙地跑过，嘴里喊着各种报纸的名称。他瞥见专把引人的消息用特刻红色大字印出的那份报纸，是“货殖银行倒闭”六个红字，并没见“食货”的字样，这更使他放了心。“到底不至于刚刚碰到了厄运，”这样自慰着，他站定在食货银行的石阶上。雨丝来得粗而密了，细水滴通过了布伞的孔隙飞到他的脸上。

三千五，一千八，再加三百，三百，六千的整数只差得一百了：跟修行人空闲下来就念阿弥陀佛一样，他用这加减法的心算来消解等待的无聊。忽然有一条水淋到他的面颊上来，他的心算才被打断。回头看时，原来是一个矮矮的剪发女子，她的黑绸小伞的一根伞骨正指着他的面颊。他懒得同她说话，只移动身子让过一点。这当儿，他发觉石阶上不再像刚才那样清静了，上上下下差不多站满了撑伞的穿雨衣的男女，估计起来该有五六十个。

铁门由佩带手枪的巡捕开开了。石阶上的一伙男女一拥而进，伞尖流下来的雨水在柚木地板上画着符箓似的条纹。李先生脚里有数，加紧几步，就占到了柜台上矮铜栏杆的一个洞口，扇子形的栏额上，刻着个阴文的4字。他的手势很敏捷，一下子就把皮包里的一张存单检了出来，送进那洞口去。他做得很泰然，说：“对不起，要提一笔款子。”

洞口里一个梳得油光光的头从《新闻报》上抬起来，一手接了李先生的存单，眼光懒懒地移上去。“甚么，要提这一笔款子？”

“是的，要提这一笔款子。”

“是定期存款呢！”

“是的，我知道是定期存款。”

“要到八月十六才到期！”

“因为有急用，今天想提一提，我情愿不计利息。”

“就是贴我们利息也不能提！”油光光的头有点动气了，把存单塞出洞口来。“你去看，背面的章程第六条！”

旁边一个大胖子把李先生一挤，就用两只厚厚的手抓住矮铜栏杆，独个儿占据了4字的洞口。他在同那油光光的头办交涉以前，向李先生努一努嘴，仿佛说，“第六条章程都没有看清楚，倒要在这里鬼缠，耽搁别人的工夫！”

李先生拿着存单，像战败的兵士一样糊里糊涂退下来，才看见一排矮铜栏杆的战线上，每个洞口有好些个英勇的战士在那里进攻。独有他失败了，最坏的是再没有攻上前去的资格，怎么办呢？他无意识地旋了一转，然后冒冒失失向外走，走到石阶上豫备撑起伞来，才把存单塞进皮包里。

他不再坐电车了，在人行道上低着头走，可是并不注意积水，往往在积水最多的地方踏下去。他心里充塞着不可描状的懊丧，昨天打算得好好的，现在是完全不对了！看食货银行的那种形势，说不定就会在今天下午关上铁门，从此再也不开。用甚么方法拿回这一千八百块钱呢，而且必须在眼前一两点钟以内？

走走走走，忽然发见了一线的光明，他硬着头皮下个决断，对自己说："除了这样办，再没有旁的希望了！"他立即雇黄包车，价也不论，坐了上去，只教车夫快跑。不到十分钟，他已坐在乐山做事的那家银行的会客室里。

市面不景气呀，地产抵不来款项呀，银行钱庄家家都是今天不知道明天呀，乐山叙述这一番，代替那"今天天气好呀，哈哈哈！"之类的寒暄。李先生不便阻止他，只得"是呀，是呀"地听下去，每听一句心上就像给刺了一针。好容易捉到了一个空隙，他就露着笑脸对乐山说："老表侄，今天有一件小事情麻烦你。有一笔款子，要存在这里，是我的一个知己朋友的，他姓吕，叠口吕，户名就写'权记'好了，存是存活期。他的意思，近来风声不好，要给钱找一个安稳的处所。他知道我有一位老表侄在这里，特地托我跑来转托老表侄，务必给他照顾一下。存折就放在这里好了。"李先生说到这里，他的头在茶几上方斜凑过去，把声音抑得很低，说："万一那个的话，——请老表侄不要见气，现在的事情是说不定的，——你们自己人，总可以预先想法子。老表侄，看我的面子，就算帮我的忙，答应了他的请求吧！”

乐山对表伯斜睨了一下，仿佛嫌他的话太那个一点，但是立即满口应承，表现出活泼明快的青年商人风度。“可以的。照顾一下，可以的。数目不多吧？”

“不多，才三千五百块钱。”李先生的心定了大半，他吐一口气，把身躯坐正在沙发里，欣幸自己的谋算的成功。一句话在他心头这么一闪，“这回真个给我逃脱这个难了！”

“还有一点小事情，”李先生的头重又在茶几上方斜凑过去。“我有一笔小款子，在食货里存的定期。最近食货有了谣言。陌陌生生的，去提不到期的存款，他们当然是不付。不知道老表侄有没有法子替我想想？”李先生两只眼睛看定乐山红润的面颊，全身似乎停止了血行完全僵化了一般。

“多少呢？”

乐山对于表伯在银行里有了存款并不觉得惊异，这使李先生未免感到失望。但是这个当儿也无心计较失望不失望，李先生立即用敏捷的手势把存单掏了出来，授给乐山说：“少得很，只有千八的小数目。”

乐山把存单看了一眼，站起来说：“表伯请坐一歇，我去打个电话，食货里有几个熟朋友。”

“好极了！好极了！”李先生望着乐山走出会客室去的背影，感激得几乎掉下眼泪来。早知如此，刚才何必去撞甚么木钟！再一转想，只要乐山打电话成功，撞木钟的事情只当没有做好了。于是李先生心里充满了祈祷的心情。然而并不完全忘记了加减法的心算，祈祷一阵之后，就来一回练习：三千五，一千八，再加三百，三百，六千的整数只差得一百了。

“弄妥当了，”乐山回进会客室来，声音里毫没有夸耀功德的意思。“这存单由我这里马上送去，取本不计息，原手带钱回来。”

“好极了！好极了！”李先生再也找不到别样的话，接着讷讷地说：“钱拿来之后，还得费老表侄的心，同吕君的那一笔一样办理。”随即郑重地点交所谓吕君的那一笔钱。

“万一那个的话……”李先生推住乐山的身子，意思是教他不要送。

“不劳表伯叮嘱，总之我特别照顾就是了。……表伯难得来，应当送到门口。”

雨停止了。马路旁法国梧桐的嫩叶在微风中招展。十几层的大厦的头顶上现出几抹淡红的云。印度巡捕执管着的红绿灯挡住了无数的车辆，同时放走了无数的车辆。一簇一簇的人急急忙忙向前进行，像夏天的蚂蚁。李先生对着这天时人事都有复兴之兆的景象，不禁想大喊一声“我也安全了！”笑意藏在眼下的几条皱纹里，尖尖的满生着短胡的下颔透出一团高兴。

过了三天，李先生起身之后正在洗脸，只听得一阵扶梯响，闯进门来的是乐山。“表伯，我们的银行完了！对不起得很，你的嘱咐没有给你办到。实在来得太快，事前没有一点消息。昨天晚上十一点才接到两个电报，说分行站不住了。我们一算，亏折到一百多万，只得宣告清理。”

“竟逃不脱这个难吗！”李先生无力地说。他只觉得墙壁，床，对面人家的晒台，乐山，李太太，窗子，门，组织成一条无尽的带子，在他的周围旋转。

一个小浪花

吴先生忽地站起来，把收音机的开关旋转，室内就显得异样静寂，只从后进的屋子送来轻微的骨牌声。

“阿二，”吴先生把电灯开关也关上，不耐烦地跑出书室，“快去点灯，我立刻要出去。”

“噢，是啦。”

吴夫人在后进听见了，娇声娇气地问：“谁又请你吃酒？吃了酒早点回来。这几天天气不好，露水重，回来晚了恐防伤风。”

“谁吃什么酒！”吴先生咕噜了一声，急忙赶到门前。阿二正在那里点车灯，吴先生就跨过阿二的肩膀坐上包车。

“先生，到那里？”阿二把自来火盒塞进衣袋，随即把车柄提起。

“不到那里，你拉着跑就是了。”

胶皮轮在碎石路上一高一低地转动。晚风吹乱吴先生的头发，使他不自主地抬起手来梳掠，这才省悟忘记戴了呢帽子。

“这里停一停，”吴先生伸出右手，手里拿着一张钞票。“兑五块钱铜板。”

阿二放下车柄，接了钞票，向烟纸店兑铜板。洋价三千四，五块钱兑换整整的十七包。两手捧着，放上包车的脚踏，阿二重又拔脚奔跑。

“再兑五块钱铜板，”吴先生手里又是一张钞票。他瞅见那块搪瓷牌，不禁咕噜说：“这一家只有三千三百九，要吃亏五个铜板呢。”可是他并不把执着钞票的手缩回来。

阿二有点摸不清头脑，向主人家看了一眼，又去捧来一堆铜板压在脚踏上。

就像这样子，遇见烟纸店就兑钱，兑了钱再跑。跑过几条大街，吴先生的下半截身躯差不多给铜板围困住了：脚踏上是铜板，齐到膝盖，坐垫下是铜板，把坐垫顶了起来，屁股两旁是铜板，嵌得坐骨部分很不舒服，大腿上面也是铜板，只觉得行一步加重一步。

“好了，”吴先生喘吁吁地说，“回去吧。”

阿二口也不开，咽了口气就跑回头路。他的脸上挂着曲折的小河流。

到家里的时候，吴夫人的马将局已经散场，客人去了，吴夫人陪着老太太在那里剥莲心。

阿二跟着吴先生把第一捧的铜板送进来，放在板壁脚下，吴夫人就问了："你没有去吃酒吗？兑了这些铜板做什么？"

"何止这些？我出去一趟，兑了一百另五块钱的铜板呢。实在车子里放不下了，不然还得多兑。"

"你发什么痴？"吴夫人有点惊讶。

阿二用衣袖揩着脸上的汗，暂时立定不动，一双眼睛看定主人家，肚皮里也含着一句："你发什么痴？"

"发痴？"吴先生两手执着拳头捶着两条大腿。"你看，明天洋价准保大跌，或是三千或是二千，都说不定。今天我兑一百另五块钱，至少可以便宜一二十块钱。"说到这里，他吩咐阿二说："外面的铜板再去拿进来呀。"

待阿二走了，吴先生凑近吴夫人和老太太的座头，轻轻地说："我们好久好久担心着的那件事情，明天要来了！"

"真的吗？"吴夫人和老太太立刻会意，差不多齐声喊出来。

"怎么不真？我听见无线电的报告，说那件事情来了，就在明天！"

"你这个……"吴夫人霍地站起来，顿了一顿，转换话头说："你怎么不早点对我说？倒去兑铜板！你以为一二十块钱便宜得要命了，不想想吃亏的地方何止十个一二十块钱，二十个三十个一二十块钱！"

"便宜一二十块钱总是好的，"老太太下不来判断，只是依照老习惯回护她的儿子。

“现在什么时候了?”吴夫人看手表,“七点三十八分。夜市还没有收。我要出去买东西。”

“你去买什么?”老太太问。

“我去兑几副镯子。虽然乡气腾腾不要戴,摆在那里究竟是硬货。”

“不错,究竟是硬货。”老太太表示极端信服。

吴先生搔搔头皮,颓丧地说:“银行要明天上午九点才开门呢。”

“你不用管。阿二,你的铜板不要搬进来了,就放在门房里。我立刻要出去。”

“噢,是啦。”阿二放下第二捧的铜板,转身向外跑。

吴夫人匆匆洗了手,衣服也不换,拿起小皮包赶到门前。坐垫底下的铜板还没有拿出来,这使她生气了,“讨厌!快点!快点!”

阿二急急忙忙来回两趟,才把坐垫底下的铜板出清,他自己就像预备去攫取鸟兽的猎狗一样,伏在两条车柄中间。

吴夫人坐上包车,简捷地说:“到紫阳街天宝。”

天宝里的几个伙计正在那里打呵欠。电灯光照着玻璃橱里的那些银家伙,店堂里好像月光下的空场那样凄清。待吴夫人走进来,几个伙计才领一领神,伸一伸腰同臂膀。既而听说要兑镯子，接生意的矮胖子脸上更露出了笑意，把吴夫人让到店堂背后的客室里去。另外几个伙计也有点兴奋，大家用欣羡的眼光送那矮胖子的背影。

“大概要摩登式样吧？”

“请你拿出来让我挑，”吴夫人在一把红木交椅上坐下。“要实心的。”

矮胖子捧出一只红木盘，取一个白纸包解开来说：“这是西洋图案，顶摩登的。”接着又取一个白纸包解开来说：“这一副只有这么一点小花样，戴起来也满写意。”他一连解了六七个纸包，红木盘里就排满了黄澄澄的家伙。

可是吴夫人并不留心什么花样，只挑比较大的三副，说：“请你称一称吧。”

“三副共计九两六钱七，”矮胖子称了之后回来报告。

“今天是一百十五块，”吴夫人抬头看金边镜框子里乌金纸上写着的粉字。

“不错，一百十五块。”矮胖子迷齐着眼睛说：“今天已经便宜了，前几天涨到一百十八块呢。”

“算一算该多少钱。”

矮胖子取来了算盘，短短的几个粗手指一阵的历搭刺，他颠头簸脑说：“一千一百十二块零五分。加上打工，三块钱一副，三三得九。两共一千一百二十一块零五分。”他又拨动算盘上的两颗子，说：“一块零五分不要算了，整数是一千一百二十块钱。”他说着，眼光就溜到吴夫人那个蓝色小皮包上。

吴夫人解开小皮包，取出一叠钞票，像丢一团字纸那样丢在桌子上，说：“先付一百块定洋，明天带钱来取东西。”

矮胖子伸两个指头在嘴里蘸了点唾液，连声说“好的，好的，”就用熟练的手法把一叠钞票数起来。“一百块，不错。请教贵姓？”

“吴，口天。——明天来取，依照今天的……”说到这里，就缩住了。

“当然，当然，依照今天的行情。既然收了您的定洋，即使明天涨到一百二十块，也不能多算您一毛钱。”

“照规矩这样的，”吴夫人不脱老口的身分。一会儿接了收据，走出天宝，跨上包车。忽然想到了什么，她自言自语说：“一车子的铜板，真是死东西！”

“回家去吗？”阿二提起车柄回转头问。

“到叶盛兴，我要买酱鸡。”

第二天早上，当地的报纸送来了，吴先生抢在手里看第一版。吴夫人把头颅挤到吴先生的耳朵边。老太太张大眼睛等他们读出什么来。

“六项紧急法令。从今天起，把中央中交三家银行的钞票定为法币。一切收付都用法币，不得行使现金。

谁有银洋，就得去兑换法币。”

“怎么说？”老太太缠不明白了。

“就是不用现洋，有现洋快去换钞票，”吴先生高声回答。

“谁肯这样做呢？”老太太实在想不透。

“报纸上说的，如果故意收藏现洋，就得按照法律治罪。”

“那末我箱子里的三百块现洋也得拿出去换钞票了！”老太太愤愤地说。

“当然啰，”吴夫人悠然说。她正想到什么快意的事情。

“不去换也用不出去呀，”吴先生接上一句。

“我宁可用不出去，”老太太固执地说，“雪白的现洋，究竟是真价实货，放在那里总有用处的。箱子里不稳当，我会在地板底下掘一个坑，把现洋藏在里头。谁又有神仙的眼睛，知道我地板底下藏着现洋？”

“地板底下恐怕也不稳当，”吴先生想了一想说。“妈妈，你不是说过的么？从前长毛时候，人家把银子装进坛子，埋在泥土里。后来长毛平了，他们在原地方掘开来，只见满坛子的脏水。”

“嗤，我不相信有这样的事情！”吴夫人用鄙夷不屑的眼光瞥着吴先生，同时她的头颅离开了吴先生的耳朵边。

“事情是有的。不过那人家正在倒运，银子才会变脏水。像我们，阿弥陀佛……”老太太说到这里就咽住了，因为阿二正在兴冲冲跑进来。

“先生昨天兑铜板正兑得着，”阿二总是那么大声大气。“今天烟纸店都不挂牌子，人家去兑铜板，他们回说没有铜板!”

“如何?”吴先生不免得意，看着吴夫人微笑。

吴夫人把头偏转一点，给他个不睬。

“东西都涨价了！娘的，光面一涨涨了两个铜板!”

“如何?”吴夫人这才向吴先生努一努嘴，“你以为兑了一百零五块钱便宜得要命了!”

“大家在那里说，洋钱不用了，只准用钞票，用洋钱就犯法！对门李家的张妈积有三十只羊，听见了这个信息，拍着胸脯大哭。大家劝她劝不醒，直哭到此刻还不曾停哩。”

“作孽，”老太太对于那个张妈大表同情。

“我说笑话，”阿二一副嘻嘻哈哈的神气，“我身边也没有洋钱，也没有钞票，用什么哩，不用什么哩，都打搅不来我的夜梦。我只要气力换得来饭吃。不用洋钱，好，不用钞票，也好，省得吃坏洋钱和假钞票。先生，我的话中听吗?”

“唔，”吴先生随随便便应了一声。接着问：“书房里收拾了没有?”不等阿二回答，他的眼光又射到报纸上面去了。

丁 祭

“明年是丁丑，菊翁，轮到你老先生重游泮宫了。”

菊翁听到这个话，右手三个指头抖抖地捻起下巴底下一撮花白胡须，眼光垂下来看了看，同时两条鼻涕在鼻管口露一露脸就缩了进去，他似笑非笑地说：“不错，明年是丁丑了，只是我身体不好，知道活不活得到明年！”

坐在这明伦堂上的人都有胡须，白的，黑的，或是花白的，看见菊翁捻胡须，大家好像感受了催眠术，各自把右手伸到嘴边：有的效学菊翁的手法，有的专捻上唇的两边，保持“大学眼药”的派头，有的只因胡须短到无可捻，就用两个指头摘那胡须根。

“那里，那里，”大家给菊翁安慰。

一个干而瘦的黑胡须接着说：“明年菊翁重游泮宫，我们要敬他一杯酒。我看，就在这明伦堂摆酒最好。”

于是大家看明伦堂，把眼睛的溜溜旋转来。白垩的屏门转了色，像给煤烟过熏了似的。悬空的几根柱子寂寞地站在那里，黑漆剥落了大部分。挨着横梁挂着“状元”“进士”“举人”等等的匾额，有好几块歪斜了，说不定就要掉下来。墙上新近刷过一层粉，但粉底下仍旧露出潦潦草草用墨笔写的“打倒”“革命”那些字的痕迹。前面没有窗子，风卷着棉絮似的雪花直吹到老人们坐着的地方。庭中的柏树上，雪渐渐地积起来。一只乌鸦冒冒失失地飞来，歇在一棵柏树上叫了几声，又一溜烟飞去了。随即来了六七只麻雀，缩紧了项颈啾啾地叫。

大家看得好像很满意，一窝蜂地说：“砚翁的话不错，当然明伦堂最好，当然明伦堂最好。”

干而瘦的黑胡须起劲起来，尖着喉咙说：“这里新修理呢。若不是东洋领事提出意见，恐怕到今朝还是破败不堪，那几家穷人家的锅灶同铺盖还是摆在我们旁边呢。”

“那东洋领事怎么说？”一个圆脸发红的白胡须问，发音含含糊糊地。

“有一天，东洋领事到这里玩儿，说这里是圣人的地方，太破败了，应该修理修理，穷人家应该赶出去，怎么好让他们在这里住下。这个话不错呀，我们这方面就一一照办了。”

“在这件事情上，砚翁也费了不少的心呢。”

砚翁没听清楚这个话是谁说的，也就并不对着谁，只是说："那里，那里。"

圆脸发红的白胡须想了一想，又含含糊糊地说："东洋人倒也知道敬重孔夫子。"

"他们讲王道，当然敬重孔夫子。听说他们国度里像我们中国一样，各处都有圣庙呢。"

"各位看过今天的《地方日报》吗？"一个生着几根黄黄的鼠须的向大家看了一周，不等回答，就接下去说："报上载着，北京的宋哲元宋委员长，今天也要亲自去祭圣庙呢。他是个武官，能够敬重孔夫子，难得之至。"

"也并不难得，现在的武官颇有敬重孔夫子的，像……"

另一个抢出来说："那末我们也算不得背时了，哈哈。当初革命军来了，以为全是洪水猛兽一般的家伙，原来倒不少我辈中人。"

"革命，革命，最要紧的革心。革心是什么？就是孔门的正心诚意的工夫。现在的人这颗心太坏了，坏得缺了一只角，坏得歪到了胛肢窝去。要是不讲革心，真是不堪设想，不堪设想。"

戴着缎帽子，皮帽子，乌绒帽子的许多头颅颠动起来，一窝蜂地说："不错，不错。"

"所以，"菊翁得意地说，"我在教两个小孙读《大学》。既然进了学堂，教科书不能不读，但是教科书什么东西！猫开口了，羊说话了，好好的人不做，倒去效学畜生！我的小辈总巴望他们像一个人，所以要他们读《大学》，让他们懂得一点正心诚意的工夫。”

又是一阵“不错”之后，鼠须故意咳一声嗽，说：“说起人心坏，现在的人心的确坏。各位可知这，昨天西乡种田人闹事为的什么？唉，岂有此理！有一批种田人弄到了几个钱，预备先还几成租。另一批人可没有钱，就聚众强制他们，教他们不要还。这才闹起来的。而且这班闹事的并不是无赖的小伙子，都是做婆婆做奶奶的老太婆。她们非但不还租，还向乡长要饭吃。人心坏到……”他仿佛不能说下去了。

砚翁两颗眼珠突了出来，在瘦脸上显得特别大，他愤激地说：“这简直适用《维持治安紧急办法》就是了！现在中央不是颁布了《维持治安紧急办法》吗？一句老话：‘赋从租出，租由佃完。’种田人抗拒还租，国家的赋税那里来？我们的吃用那里来？岂不是扰乱治安？”

鼠须端起茶碗来喝了一口，茶冰冷了，激痛了蛀牙齿，他就把茶吐还茶碗里。但是嘴里经这么一润，他的气愤似乎松了一点，他又报告说：“昨天下午四点钟，有一队弟兄们下乡去了。但愿把这班老太婆像湖蟹一样一串串地牵回来。”

“这几天，北京的学生子正像湖蟹一样一串串地牵连在那里呢。你想，一逮逮了一百多。”

“他们实在罪有应得。无端起来胡闹，东喊一阵，西跑一阵，弄得人心惶惶，不是扰乱治安是什么？他们开口救国，闭口救国，嗤，国家是你们学生子的吗？我前几天看报，看见中央颁布了《维持治安紧急办法》，我就知道，他们倒楣的日子快要到了。”

“咏翁，听说令坦在北平不肯回来，有这个话吗？”

咏翁梳理着他的灰白色的络腮胡，点点头说：“有的。亲翁写了好几封信去，教他不要读什么书了，回家来还有口饭吃。可是他回信总说不愿意回来。还说到乡下去宣传，吃了许多的苦，可是很乐意，很有长进。又据小女说，他还写了什么文章登在报上呢。这样的一个人，说不定逮住的一百多个里头就有他。我替小女打算，恐怕还是同律师商量商量，提出离婚的好。”

“离婚？”菊翁对咏翁的络腮胡看了一眼，脸上现出一副尴尬的神色，但一会儿也就变得若无其事，话也不说下去了。

“呵，洛翁来了。”

大家向庭中看，一个青布长衫的用人扶着面孔皱得像干枣子可是不生胡须的洛翁在走过来。黑布阳伞上几乎铺满了雪。

“洛翁来了，我们可以祭了。”

大家站起来，嘴里施施地作响。

“洛翁，”一阵招呼之后，大家挤在一起，连同洛翁和青布长衫的用人，缓缓地沿着回廊，向大成殿而去。

“翁，走好。”

“坐了一会，脚都冻僵了。”

“这样大雪，怎么好祭呢？”

“就是下铁片，也得要祭呵。”

“翁，当心脚下，水。”

“翁，把皮袍子拉一把吧。”

“……”

大成殿里蝙蝠粪的臭气使诸翁都用手掩着鼻子，但一会儿手又放了下来，很恭敬地垂着。大家在“正位”以及“四配”“十哲”的供桌上检阅。

“怎么三牲都这样小？”

“小猪在广东算是名品，小牛又是最滋补的东西，现在孔夫子也讲时髦，讲卫生了，哈哈。”

“实在经费不够，”砚翁转一个身，当众说明。“只好买得小一点。现在什么东西都贵。”

“豆腐也涨价了，本来两个铜板一块，现在涨到三个。”

“都是那辅币害人。一分以下只有半分，半分是十五文。豆腐要涨价，呆子也会想，涨到了一分吧。其实一分的辅币还没有一个铜板那么大。”

“别的不用说，今天我们分‘胙肉’要吃亏了，”鼠须望着插在烛台上的蜡烛，上了心事似的。

“你老先生没有关系，因为你是念佛吃素的了。”

“我的儿子媳妇并没有念佛吃素呀。”鼠须说了之后，忽然发见了补偿的办法，他自言自语说：“等会儿我要拿这支顶大的蜡烛头。”

“蜡烛头吗？我也准备拿一支。”

“我们从小到老，一直要拿祭过圣人的蜡烛头。到底有没有灵验，可不知道。”

“怎么没有灵验呢？简直灵验极了。那一年我的内姨的弟媳妇做产，三天三夜生不出，新法收生婆也束了手。他们知道舍间有祭过圣人的蜡烛头，讨去点了起来，不到一个时辰，就生出来了，而且是个男。你说灵验不灵验？”

“当然灵验，当然灵验，”大家一窝蜂地给他批准。

这时候所有蜡烛由砚翁的用人点了起来，黄黄的小火焰这里那里跳动着。诸翁硬硬头皮走出大成殿，各就其位，让棉花团似的雪停歇在他们的帽子上，围巾上，大衣上，马褂上。洛翁就了正位，雪打着他的面孔，面孔上的皱纹似乎更多了。青布长衫的用人暂时退到东庑的檐下，他倒得以乘此避雪。

诸翁于是表演年年做惯的一套：上香，读祝文，三献爵，进退拜跪，好像道士打醮。老脸上经受了风雪，大都显得通红。

有十几个小学生在西庑下观看，嘻嘻哈哈地说：“一个老头子跪了下去几乎站不起来了，一个老头子的棉鞋浸在泥浆里都没有知道……”

从庭中望到开直窗子的大成殿，里面是空洞洞的一片黑。

大约延续了一个钟头不到一点，焚帛，送神，祭事才算完毕。诸翁一壁拍去身上的雪，一壁喘吁吁地赶紧往殿里跑。大家看见蜡烛头就拔下来，“咈，”吹熄了，珍重地执在左手里。

鼠须果然拿到了孔子面前顶大的一支，可是拔得没有留心，蜡烛油淌下来，把他的手心烫得辣辣地痛。

儿童节

“爸爸妈妈许下我了，明天带我去看《国色天香》。这是一张歌舞片子。我顶欢喜看歌舞片子。”王大春的肩膀贴着李诚的肩膀，歪左歪右地走着，他说罢，从印着红字的纸袋子里摸出一片蛋黄饼干，往嘴里一塞。

李诚也有纸袋子，可是他并不摸出饼干来吃，只用两手捧在当胸，像请了一件宝贝。他摇摇头说，“歌舞片子没有什么好看，我看过《科学怪人》，那真好看。死尸经科学家使了科学方法，活起来了，直僵僵地走着。不过胆小的人看了就会害怕。”

“你说你胆大吗？你敢不敢独个儿睡在一间屋子里？”嚼着饼干，发音不很清楚。

“我为什么不敢？”

“等会儿鬼出现了，你怎么办？”

“你说鬼到底有没有的？”李诚用胳膊推挤王大春的身子。

“怎么没有？我奶奶十几岁的时候亲眼看见过两回鬼。她告诉我，小脚，拖着很长的袖子，身子袅呀袅的，原来是个女鬼。”王大春表演袅呀袅的姿势，可是身子左右摇晃，两条腿向外弓着，活像卓别麟。

“这样吗？”李诚听得出了神。“我妈妈告诉过我两句话，叫做‘不可不信，不可全信。’她说，有些人真会看见鬼，我们怎么能不信？可是一味闹鬼，那就是迷信了，所以又不可全信。”

王大春对于信不信的话不很感得兴趣，又摸出一片饼干塞到嘴里。忽然看见距离十来家铺面，有一个相熟的背影一步一顿地前进，他就喊，“张蓉生，等我们一同走！”

张蓉生立定了，回转头看。待后面两个赶上的时候，就并着王大春的左肩，重又开步。

“今天晚上提灯会，你加入吗？”王大春拉动张蓉生的衣袖。

“我不加入。晚上天气冷，在路上提灯要伤风的。并且提灯会也没有什么好玩。”

“你不要瞎扯瞒我了，”王大春的手往上移，抓住了张蓉生的长衫的前胸。“我知道你为的交不出两毛钱的灯费。”

张蓉生的脸立刻涨得通红，他喃喃地说，“你瞎说，你冤枉人家！两毛钱的灯费，什么稀奇！我自己就积有两块钱，一百五十个铜子，藏在妈妈的箱子里。”

“那末你到底为什么不加入提灯会呢？”李诚向左旋转了头。

“我爸爸教我不要加入，他说提灯会没有什么意思，”张蓉生抑制着自己的感情，好像提灯会真个没有什么意思似的。

“你为什么不听先生的话？”李诚不肯放松，再要问个明白。“先生不是说的吗？‘儿童要快快活活过这儿童节，加入提灯会可以得到最大的快活！’”

“先生的话同爸爸的话比，自然应该服从爸爸的话，”张蓉生眼睛看着鼻子，态度很严正。

“爸爸的话错了呢？”李诚再进逼一句。

“爸爸的话没有错的，”张蓉生直捷地回答。顿了一顿，又说，“就是错了，还是应该服从。”

“为什么？”

“我们要想想，我们的身体是爸爸养出来的，所以我们应该孝顺他，应该服从他的话。就是爸爸要我们死，我们应该立刻去死！”张蓉生说得很激昂，拳头举过了头顶心。

“这样吗？”

“还有，我们应该服从爸爸的命令，我们的爸爸应该服从皇帝的命令。爸爸的话决没有错的，皇帝的话也决没有错的。”

“你这小卖国奴！”王大春听得生起气来，破口就骂。“你可知道，现在是民国时代，没有皇帝了？”

“我爸爸说的，早晚总得有一个皇帝，国家才弄得好，”张蓉生的眼睛望着空中，好像教徒在祈祷天国的来临。

“我打你这小卖国奴！”王大春一拳落在张蓉生的右臂上。

“哈哈，”李诚拍着张蓉生的胸脯，“你们父子两个倒是皇帝的忠臣！”

张蓉生觉察自己势孤，拔脚就跑，右手里的饼干袋子向后一扬一扬。跑了二十多家门面，左转弯进一条小巷去了。

王大春和李诚也不去追他。赶走了卖国奴，不免有一点胜利的骄傲，两个人大模大样地走着。

忽然李诚的注意给一个讨饭的孩子吸引住了。那孩子大约八九岁。从头发到脚背，从衣领到鞋子，没有一处地方不脏。可是一对眼珠乌亮亮的，好似两颗云石的棋子。而且非常之熟悉。想了一想，李诚才省悟这一对眼珠竟同弟弟的一模一样。他不觉撕开手里的纸袋子，取两片饼干给那孩子，同时咕噜着“今天儿童节，给你吃两片儿童节的饼干。”

讨饭的孩子接了两片饼干，莫名其妙地看了一下，一同送到嘴里。随即回转身子，向他的妈妈奔去。他的妈妈坐在地上，背靠着电线杆。蓬头皱脸。破棉袄完全不扣，只用一条草绳在腰间围了两道。怀中裹着一个衔住奶头的婴孩，精赤的小肩膀都露出在外面。她看见孩子的背后有一个中年绅士走着，像是摸得出一个铜子的，就努一努嘴，向孩子示意。孩子于是伸着手，回转着头，“先生，做做……先生，做做……”这样随口唱着。他走过他妈妈的身边，眼光也不溜过去看他妈妈一下，好像并没有人坐在那里似的。

王大春和李诚跟在中年绅士的背后，看那孩子干他的行业。中年绅士起初是把头转向另一方，给那孩子个不理睬。后来却面对着孩子，仿佛还点了点头。那孩子以为有希望了，“先生，做做……先生，做做……”声调变得热切起来。但是中年绅士的两手还是反剪在背后，并不摸出一个铜子来。

王大春说，“那小叫化倒有恒心，跟了这么些路，还是不肯休歇。”

李诚轻轻说，“那个人的恒心也不错，给跟了这么些路，还是不肯摸出一个铜子来。”

“他们两个在比赛呢，谁先歇手谁就是输。”

“你看，”李诚指着前方，“不知是什么事情！”

前方簇聚着二三十个人，中心矗起一堆红红绿绿的东西，在那里晃动。

王大春和李诚不由得放弃了小叫化和中年绅士的比

赛，跑到许多人簇聚的地方，从人家胛肢窝下往里挤，这才看清楚被围在中间的是两辆人力车。一个小车夫拖住一个矮胖的车夫，咬牙切齿地说，“是我先接应，你怎么抢我的生意！”

“我不要坐你的车，”人力车的主顾顿着足，手里矗起的一些彩灯霍霍地发响。“这么小的年纪，你跑不快！”

矮胖的车夫得意了，他对小车夫冷笑一声，说，“阿弟，你听见吗？人家不要坐你的车，再不要怪我抢你的生意了。”说着，洒脱了小车夫的手，就去蹲在车柄中间，准备拔脚飞奔。

小车夫向周围看了看，仿佛找寻援助似的，然后一把拉着主顾的衣襟，尖声说，“年纪小，不关事，保你跑得快。先生，坐吧！”他仰起了瘦脸，一副恳求的神气。

“巡警来了，”看热闹的人嚷着。

巡警从暂时分开的人体间挤进来。“什么事？”白边帽子得劲地一侧。

两边同时诉说自己的不错，对方的岂有此理，又加上旁人的唧唧喳喳，使巡警只好皱起眉头咂嘴。他随即把警棍这么一挥，马马虎虎说，“去！”

执着彩灯的那人立刻转身，坐上矮胖车夫的车。车夫提起车柄，得意地冲出重围而去。彩灯有钟形的，有地球形的，有飞机形的，有军舰形的，摇摇晃晃过去，不由人不用眼光相送。至于小车夫带着一肚皮的气，拖着车向反对方向走去，大家好像都没有注意到。

“这些灯做啥用的?”

“今天是什么节，不是清明节，是一个新花样的节，晚上有提灯会。”

“今天叫做儿童节，”王大春给那人说明。

“不错，叫做儿童节，是你们这班小弟弟的节日。现在的节日太多了，听说还有妈妈节先生节呢。”

“儿童节啥意思?”

“儿童节是我们寻快活的日子，”这回李诚开口了。“我们在学校里开会，唱歌，演戏，吃茶点，”把手里的纸袋子一扬，“晚上还有提灯会。”

“那末提灯会里都是你们这班小弟弟了?”

不等李诚回答，另一个的问题又来了，“你们可知道，提灯会过不过青龙坊?”

一个沙喉咙的抢着说，“县政府在那里，县党部也在那里，那有不过青龙坊的!”

“今晚上我们早点吃了晚饭，到青龙坊看提灯会去。”

“小学生提灯会，”一个干瘪的老人用拖长的低音说，随即摇摇头，“没有什么好看。张大帝出会才好看呢，黄亭子抬着的玉如意，金丝线绣的万名伞，还有四四十六名刽子手，红衣服一齐敞开，凸出了巴斗一般的大肚皮。提灯会有什么好看!”

“我要看提灯会，”一个挂着鼻涕的女孩子似乎偏不相信老人的话，牵着她妈妈的手就要去看。

这当儿簇聚着的人渐渐走散了，王大春和李诚也就想着动脚。走不到几步，只听得清脆的一声，不知那妇人的手打在女孩子的什么部分。同时女孩子“哇”地哭了。那妇人跟着骂，“小鬼头，也要看提灯会！谁有工夫带你去看！这是他们学生子的事情，要你干起劲做什么！你这小鬼头！”

骂声和哭声淡得像烟雾的时候，王大春说，“我不打算吃晚饭。吃了晚饭到学校，只怕嫌得迟。我要妈妈给我买十个奶油面包，带在身边吃。”

“我妈妈昨天许过我，给我带八个暹罗蜜橘，”李诚抿着嘴，耸着颧颊，表示得意。

“那末你也不要吃晚饭吧。我们交换来吃，我给你吃奶油面包，你给我吃暹罗蜜橘。”

“好的，好的。”顿了一顿，李诚又说，“你一到家，就去买面包。买了来看我，我们一同到学校。我们要赶在第一个到！我们要帮同先生把那些灯烛点起来！”

仿佛已经看见了灯烛辉煌的美景，他们两个肩膀贴着肩膀，齐着步调，嘴里哼着先生教给他们的口号，“增——进——全——国——儿——童——的——幸——福！”

老沈的儿子

这一天是星期日，老沈乘了早车跑来看我，没有什么事情，只为舒散舒散他那给事务压榨得皱紧了的心情。

我们有两年光景没有见面了，见了面彼此都很高兴，倾筐倒箧地谈着话，犹如同在一处作事的时候。

饭后，我们出去，穿街过巷，到了公园。

高树上透出新蝉的鸣声。各色的蜀葵花在竹篱旁边摇摆。喷水池中，金鱼浮到水面，试吞那永远吞不到的水泡。

我们拣一张凉椅坐下，面对着喷水池。一棵老枫树伸出一条胳膊，替我们遮住了当顶的阳光。

煤屑路上，往来的游人很不少。可是绅士风的奶奶小姐型的男女并不多见，多数是穿着黄色军服的青年。皮肤像晒老了的酱，军帽下面露出半个修剪得光光的后脑，绑腿布以上的裤管大都汗透了一截。他们遇见服装相同可是挂着斜皮带的人物，立正，举手，行着军礼，动作迅速而齐一，宛如机械。

“这一批是军训学生。”老沈似乎很有兴味地说。

“告诉你，”他又说，声音中间透露出一段欢喜，“我家阿长，去年受过军训了。”

“那末，今年是高中二年级了？”阿长两三岁的时候，我曾经抱过他，是个白白胖胖可爱的孩子。老沈的夫人看我抱得不合式，只怕小身体感觉不舒服，一会儿就说着“伯伯抱他很吃力的”的话，接了回去。现在想起来，仿佛还是昨天的事情。

“不错，高中二年级了。告诉你，别的且不说，军训这件事情，我可赞成。”

“不受军训，不得升班，不得毕业，你不赞成也不成呀。”

“我是真心赞成。并不是事实如此，不赞成也不成，只好聊以解嘲，口头说一声赞成。

“我们遇到一个‘非战’而同时又需要战争的时代。大约半年以前，美国的学生联合会有一个决议，大意是对于任何战争概不援助，但是一致拥护中国和阿比西尼亚抵抗外侮。你看见这条新闻吗？”

我点点头。

“这就是我这句话很好的注脚。你说他们慷他人之慨吗？不然。他们是美国人，对于帝国主义间的战争，当然非反对不可。我们是中国人，对于敌人的侵略，当然非抵抗不可。

“抵抗，最好是个个人能够来一手。我以为军训的意义就在这上头。

“有一些人却顾虑了：学生去受军训，会给灌输些不相干的思想进去吗？会给利用了去干不相干的勾当吗？”

“那是不会的。”

“我也说不会的。一个有头脑的青年决不会。”

“我看见这样顾虑着的父兄总觉得讨厌。他们当孩子要进幼稚园的时候，就说某一所幼稚园不很讲究卫生，只怕弄坏了身体，某一所幼稚园野孩子多，只怕沾染了恶习惯；推广他们的意思，惟有把孩子‘罐装’起来，才是最妥当的办法。‘罐装’既然做不到，无论你放到那里，总之要同空气接触。但是不一定出毛病，这全靠孩子自己的抵抗力。我讨厌这班父兄，就在他们忘记了孩子自己有抵抗力，以为孩子的身体和心灵好比这几天的饭菜，保藏得疏忽一点，一会儿就会发馊。

“哈哈，我说到教育见地上边去了。现在说回头来。

“我以为一个中等学生如果连相干不相干都辨别不清楚，那只好算是废料。即使放在最理想的教育环境中间，也毫无益处。只要不是废料，无论走到那里，他一定懂得什么是相干的，愿意接受，愿意去干，什么是不相干的，不愿意接受，不愿意去干。

“你的意见也是这样吗？”

“差不多，”我简单地回答，可是我的声调表示出很深的同情。

“在这样意见之下，我欢送阿长出发，和许多家长在一起，直送到火车站。我希望他这三个月的生活过得极有意义，在各方面让自己更见充实起来。我可没有对他说当心什么呀，谨防什么呀这一套，真的，一个字也没有说。

“他进了营常常来信。五点钟起身。很粗的饭菜。每天上好几个钟头的操。又要跑步。枪有七斤多重。热辣辣的太阳晒着，衣裤汗得通湿。掘壕沟，掘到站得直身体那么深。带着全副武装行军，专门拣山多的去处跑，翻过了一座山岭又是一座山岭，从一清早出去，直到天黑才回来。对于这些，他都受得惯，吃得消。

“他不满意少数的同学。说他们天天叫苦，时时叫苦，只想借一个什么名目，请了假逃回去，这太难了，这样的生活已经要叫苦，将来怎么能在社会上做人。

“我看了他的信当然高兴。谁不巴望自己的儿子显得强，显得有能耐呢？”

我不禁凝视着这位得意父亲的脸。

“然而有一回，他的信给我们带来了小小的纷扰。”

“为了什么？”我心里想：大概不是遇了什么危险吧？

“那是快要满三个月的时候了。他来信说，他们营里传说着一个消息：某国人将要乘他们全体在归途之中，在铁路上行使阴谋，给他们一种可怕的危害。

“‘某国人’的阴谋，谁不知道是天下独一，世间无双？栽赃诬陷哩，托故敲诈哩，任何不近情理的事情，他们都来。照消息所传的来一手，他们也未必觉得难为情吧。

“然而从另一方面想，这个消息太离奇了。‘某国人’准备着阴谋，谁知道呢？他们毁了我们几千个军训学生，又有什么好处呢？这样想着，我在放下信笺的当儿，下了‘没有的事情’的按语。

“我们老太太可急坏了。她要我连夜赶去，把阿长领回来。她说：‘既然有了这么个消息，不管它是真是假，总之要把他领回来了才得安心。不然，万一遇到了什么，我们怎么对得起他！’

“我的内人知道一个军训学生是不能够随随便便领回来的。她主张打个电报去，教阿长随机应变。既而嫌电报简短，说不明白，又主张写快信。但是，怎样随机应变呢？她自己也完全模糊。最后她说：‘到学校里去和教师商量商量吧。学校有一班学生在那边，应该计划一个十二分周妥的方法，让他们安安稳稳地回来。’

“于是我去拜访阿长的级任先生。他也接到了学生的信，知道有这么个消息。他说：‘这种事情说不定会发生的呢！’然而过了一会儿又说：‘大概不至于吧。’我问他：‘学校方面打算怎样？’他说：‘明天大概有一个同事要到那边去，和营里的官长见面，探听他们对于归途的安全作什么准备。’依我想，也不过如此了，就认为满意而归。

“我的内人看见了我，也不问商量的结果怎样，她发见了金矿似地告诉我，她和老太太编造了两个有效的谎。一个是学生的母亲患病很重，盼望他立即回来。又一个是学生的家不久就要搬到那边去住了，退营之后，他在亲戚家中呆几天就是，不用跟着大队回来。应用那一个，看情形而定。比大队先回来好，应用前一个。让大队先回来好，应用后一个。情形由阿长去看。待他回信来了，就用家长的名义，给营里去电报。

“她说：‘这样，消息是真是假也不用问了。和大队两起走，总之不会有错失。’

“老太太说：‘稳当是稳当的了。不过前一个谎不大好，最好应用后一个。’

“婆媳两个一同催迫着我，教我照她们的计谋给阿长写信。我不就动手，总觉得这样计谋不很得当，写不下去。我只能效学了幽默派的调头说：‘这样，仿佛有点那个。’

“内人不要我写了。她拿起她那女用自来水笔，一鼓作气，细针密线地写满了五张信笺。第二天一早寄出，当然是‘快递’。

“两个多月中间等候阿长来信，从没有这几天那样焦心的。教他来信也用‘快递’，依预算，第三天傍晚应该到了。可是第四天也不到，第五天还是杳然。不要说内人和老太太坐立不安，就是我，也像一个牙齿作痛似的，虽然不算大毛病，但老是挂在心上，一刻都不得宁帖。‘难道他们的阴谋……’我不敢想下去，当然更不敢说出来。

“直到第六天，居然来了，是一封不要不紧的平信。你知道他怎么说？”老沈拍着我的肩膀问。

“怎么说呢？”

“他说上一回提起那个谣言，不过是随便告诉一声罢了，他原来处之泰然。说谎的电报千万不要发。即使官长并不留难，准如所请，他也不愿意离开了大队独个儿回来。他说：‘万一谣言不假，几千个同学遭了劫，独有我一个，事前取巧溜开了，那时候听到那惨酷的新闻，将感觉到怎样的惭愧和痛苦！我和大队在一起，无论欢乐，苦恼，甚至劫难，都要和大队共享！我不能离开了大队独个儿回去！’

“我于是安慰老太太和内人，请她们再不要为着无稽的谣言担心。我说：‘三个月的训练，阿长有了进步了。应该为他高兴是真的。他本来有一种自顾自的脾气，算不得好。现在，他融和在大群之中了，无论什么都要和大群共享。这是他的显著的进步。’

“你说我的话不错吗？告诉你，照阿长的想头，至少不会去当汉奸！”

“你的话不错。”我望着煤屑路上来往的军装青年回答老沈，同时起了见一见阿长的欲望，我有四五年没见他了。

多收了三五斗

万盛米行的河埠头，横七竖八停泊着乡村里出来的敞口船。船里装载的是新米，把船身压得很低。齐着船舷的菜叶和垃圾给白腻的泡沫包围着，一漾一漾地，填没了这船和那船间的空隙。

河埠上去是只容两三个人并排走的街道。万盛米行就在街道的那一边。朝晨的太阳光从破了的明瓦天棚斜射下来，光柱子落在柜台外面晃动着的几顶旧毡帽上。

那些戴旧毡帽的大清早摇船出来，到了埠头，气也不透一口，便来到柜台前面占卜他们的命运。

“糙米五块，谷三块，”米行里的先生有气没力地回答他们。

“什么！”旧毡帽朋友几乎不相信他们的耳朵。美满的希望突地一沉，一会儿大家都呆了。

“在六月里，你们不是卖十三块么?”

“十五块也卖过，不要说十三块。”

“那里有跌得这样利害的!”

“现在是什么时候，你们不知道么？各处的米像潮水一般涌出来，隔几天还要跌呢!”

刚才出力摇船犹如赛龙船似的一股劲儿，现在在每个人的身体里松懈下来了。今年天照应，雨水调匀，小虫子也不来作梗，一亩田多收这么三五斗，谁都以为该得透一透气了。那里知道临到最后的占卜，却得了比往年更坏的课兆!

“还是不要粜的好，我们摇回去放在家里吧!”从简单的心里喷出了这样的愤激的话。

“嗤，”先生冷笑着，“你们不粜，人家就饿死了么？各地方多的是洋米，洋面，头几批还没有吃完，外洋大轮船又有几批运来了。”

洋米，洋面，外洋大轮船，那是遥远的事情，仿佛可以不管。而不粜那已经送到了河埠头的米，却只能作为一句愤激的话说说罢了。怎么能够不粜呢？田主那方面的租是要缴的，为着雇短工，买肥料，吃饱肚皮，借下的债是要还的。

“我们摇到范墓去粜吧，”在范墓，或许有比较好一点的命运等候着他们，有人这么想。

但是，先生又来了一个“嗤”，捻着稀微的短髭说道：“不要说范墓，就是摇到城里去也一样，我们同行公议，这两天的价钱是糙米五块，谷三块。”

“到范墓去粜没有好处的，”同伴间也提出了驳议。“这里到范墓要过两个局子，知道他们捐我们多少钱。就说依他们捐，那里来的现洋钱？”

“先生，能不能抬高一点？”差不多是哀求的声气。

“抬高一点，说说倒是很容易的一句话。我们这米行是将本钱来开的，你们要知道。抬高一点，就是说替你们白当差，这样的傻事情谁肯干？”

“这个价钱实在太低了，我们做梦也想不到。去年的粜价是七块半，今年的米价又卖到十三块，不，你先生说的，十五块也卖过；我们想，今年总要比七块半多一点吧。那里知道只有五块！”

“先生，就是去年的老价钱，七块半吧。”

“先生，种田人可怜，你们行一点好心，少赚一点吧。”

另一位先生听得厌烦，把嘴里的香烟屁股掷到街心，睁大了眼睛说：“你们嫌价钱低，不要粜好了。是你们自己来的，并没有请你们来。只管多噜苏做什么！我们有的是洋钱，不买你们的，有别人的好买。你们看，船埠头又有两只船停在那里了。”

三四顶旧毡帽从石级下升上来，旧毡帽下面是浮现着希望的酱赤的颜面。他们随即加入先到的一群。斜伸下来的光柱子落在他们的破布袄的肩背上。

“听听看，今年什么价钱。”

“比去年都不如，只有五块钱!”伴着一副懊丧到无可奈何的嘴脸。

“什么!”希望犹如肥皂泡，一会儿又迸裂了三四个。

希望的肥皂泡虽然迸裂了，载在敞口船里的米可总得粜出；而且命中注定，只有卖给这一家万盛米行。米行里有的是洋钱，而破布袄的空口袋里正需要着洋钱。

在米质好和坏的辩论之中，在斛子浅和满的争持之下，结果船埠头的敞口船真个敞口朝天了；船身浮起了好些，填没了这船那船间的空隙的菜叶和垃圾不复可见。旧毡帽朋友把自己种出来的米送进了万盛米行的廒间，换到手的是或多或少的一叠钞票。

“先生，给现洋钱，袁世凯，不行么?”白白的米换不到白白的现洋钱，好像又被他们打了个折扣，怪不舒服。

“乡下曲辫子!”夹着一枝水笔的手按在算盘珠上，鄙夷不屑的眼光从眼镜上边投射出来，“一块钱钞票就作一块钱用，谁好少作你们一个铜板。我们这里没有现洋，只有钞票。”

“那末，换中国银行的吧。”从花纹上辨认，知道手里的钞票不是中国银行的。

“吓!”声音很严厉，左手的食指坚强地指着，“这是中央银行的，你们不要，可是要想吃官司?”

不要这钞票就得吃官司，这个道理不明白。但是谁也不想问个明白；大家看了看钞票上的人像，又彼此交换了将信将疑的一眼，便把钞票塞进破布袄的空口袋或者缠着裤腰的空褡裢。

一批人咕噜着离开了万盛米行，另一批人又从船埠头跨上来。同样地，在柜台前迸裂了希望的肥皂泡，赶走了入秋以来望着沈重的稻穗所感到的快乐。同样地，把万分舍不得的白白的米送进万盛的廒间，换了并非白白的现洋钱的钞票。

街道上见得热闹起来了。

旧毡帽朋友今天上镇来，原来有很多的计画的。洋肥皂用完了，须得买十块八块回去。洋火也要带几匣。洋油向挑着担子到村里去的小贩买，十个铜板只有这么一小瓢，太吃亏了；如果几家人家合买一听分来用，就便宜得多。陈列在橱窗里的花花绿绿的洋布听说只消八分半一尺，女人早已眼红了好久，今天粜米就嚷着要一同出来，自己几尺，阿大几尺，阿二几尺，都有了预算。有些女人的预算里还有一面蛋圆的洋镜，一方雪白的毛巾，或者一顶结得很好看的绒绳的小囝帽。难得今年天照应，一亩田多收这么三五斗，把一向捏得紧紧的手稍微放宽一点，谁说不应该？缴租，还债，解会钱，大概能够对付过去吧；对付过去之外，大概还有得多余吧。在这样的心境之下，有些人甚至想买一个热水瓶。这东西实在怪，不用生火，热水冲下去，等一会倒出来照旧是烫的；比起稻柴做成的茶壶窠来，真是一个在天上，一个在地下。

他们咕噜着离开万盛米行的时候，犹如走出一个一向于己不利的赌场——这回又输了！输多少呢？他们不知道。总之，袋里的一叠钞票没有半张或者一角是自己的了。还要添补上不知在那里的多少张钞票给人家，人家才会满意，这要等人家说了方能知道。

输是输定了，马上开船回去未必就会好多少；镇上走一转，买点东西回去，也不过在输账上加增了一笔，况且有些东西实在等着要用。于是街道上见得热闹起来了。

他们三个一群，五个一簇，拖着短短的身影，在狭窄的街道上走。嘴里还是咕噜着，复算刚才得到的代价，谩骂那黑良心的米行。女人臂弯里钩着篮子，或者一手牵着小孩，眼光只是向两岸的店家直溜。小孩给赛璐珞的洋囝囝，老虎，狗，以及红红绿绿的洋铁铜鼓，洋铁喇叭勾引住了，赖在那里不肯走开。

“小弟弟，好玩呢，洋铜鼓，洋喇叭，买一个去，”引诱的声调。接着是：——冬，冬，冬，——叭，叭，叭。

当，当，当，——“洋磁面盆刮刮叫，四角一只真公道，乡亲，带一只去吧。”

“喂，乡亲，这里有各色花洋布，特别大减价，八分五一尺，足尺加三，要不要剪点回去?”

万源祥大利老福兴几家的店伙特别卖力，不惜工本叫着“乡亲”，同时拉拉扯扯地牵住“乡亲”的布袄；他们知道惟有今天，“乡亲”的口袋是充实的，这是不容放过的好机会。

在节缩预算的踌躇之后，“乡亲”把刚到手的钞票一张两张地交到店伙手里了。洋火，洋肥皂之类必需用，不能不买，只好少买一点。整听的洋油价钱太“咬手”，不买吧，还是十个铜板一小瓢向小贩零沽。衣料呢，预备剪两件的就剪了一件，预备娘儿子俩一同剪的就单剪了儿子的。蛋圆的洋镜拿到了手里又放进了橱窗。绒绳的帽子套在小孩的头上试戴，刚刚合式，给爷老子一句“不要买吧”，便又脱了下来。想买热水瓶的简直不敢问一声价。说不定要一块块半吧。如果不管三七二十一买了回去，别的不说，几个白头发的老太公老太婆就要一顿顿地骂：“这样的年时，你们贪安逸，化了一块块半买这些东西来用。永世不得翻身是应该的！你们看，我们这一把年纪，谁用过这些东西来!”这噜苏也就够受了。有几个女人拗不过孩子的欲望，便给他们买了最便宜的小洋囝囝，小洋囝囝的腿臂可以转动，要他坐就坐，要他立就立，要他举手就举手；这不但使拿不到手的别的孩子眼睛里几乎冒火，就是大人看了也觉得怪有兴趣。

“乡亲”还沽了一点酒，向熟肉店里买了一点肉；

回到停泊在万盛米行船埠头的自家的船上，又从船梢头拿出咸菜和豆腐汤之类的碗碟来，便坐在船头开始喝酒。女人在船梢头烧饭。一会儿，这只船也冒烟，那只船也冒烟，个个人流着眼泪。小孩在敞口朝天的空舱里跌交打滚，又捞起浮在河面的脏东西来玩，惟有他们有说不出的快乐。

酒到了肚里，话就多起来。相识的，不相识的，落在同一的命运里，又会饮在同一的河上，你端起酒碗来说几句，我放下筷子来接几声，中听的，喊声“对”，不中听，骂一顿：大家觉得正需要这样的发泄。

“五块钱一担，真是碰见了鬼！”

“去年是水灾，收成不好，亏本。今年算是好年时，收成好，还是亏本！”

“今年亏本比去年都利害；去年还粜七块半呢。”

“又得把自己吃的米粜出了。唉，种田人吃不到自己种出来的米！”

“为什么要粜出呢，你这死鬼！我一定要留在家里，给老婆吃，给儿子吃。我不缴租，宁可跑去吃官司，让他们关起来！”

“也只得不缴租呀。缴租立刻借新债。借了四分钱五分钱的债来缴租，贪图些什么，难道贪图明年背着更重的债！”

“田真个种不得了！”

“退了租逃荒去吧。我看逃荒的倒是满写意的。”

“逃荒去，债也赖了，会钱也不用解了，好计策，我们一起去！”

“谁出来当头脑？他们逃荒的有几个头脑，男男女女，老老小小，都听头脑的话。”

“我看，到上海去做工也不坏。我们村里的小王，不是么？在上海什么厂里做工，听说一个月工钱有十五块。十五块，照今天的价钱，就是三担米呢！”

“你翻什么隔年旧历本！上海东洋人打仗，好多的厂关了门，小王在那里做叫化子了，你还不知道？”

路路断绝。一时大家沈默了。酱赤的脸受着太阳光又加上酒力，个个难看不过，像就会有殷红的血从皮肤里迸出来似的。

“我们年年种田，到底替谁种的？”一个人呷了一口酒，幽幽地提出他的疑问。

就有另一个人指着万盛的半新不旧的金字招牌说：“近在眼前，就是替他们种的。我们吃辛吃苦，赔重利钱借债，种了出来，他们嘴唇皮一动，说‘五块钱一担！’就把我们的油水一古脑儿吞了去！”

“要是让我们自己定价钱，那就好了。凭良心说，八块钱一担，我也不想要多。”

“你这囚犯，在那里做什么梦！你不听见么？他们米行是将本钱来开的，不肯替我们白当差。”

“那末，我们的田也是将本钱来种的，为什么要替他们白当差！为什么要替田主白当差！”

“我刚才在廒间里这么想：现在让你们沾便宜，米放在这里；往后没得吃，就来吃你们的！”故意把声音抑得低低，网着红丝的眼睛向岸上斜溜。

“真个没得吃的时候，什么地方有米，拿点来吃是不犯王法的。”理直气壮的声口。

“今年春天，丰桥地方不是闹过抢米的事情么？”

“保卫团开了枪，打死两个人。”

“今天在这里的说不定也会吃枪，谁知道！”

散乱的谈话当然没有什么议决案。酒喝干了，饭吃过了，大家开船回自己的乡村。船埠头便冷清清地荡漾着暗绿色的脏水。

第二天又有一批敞口船来到这里停泊。镇上便表演着同样的故事。这种故事也正在各处市镇上表演着，真是平常而又平常的。

“谷贱伤农”的古语成为都市间报纸上的时行标题。

地主感觉到收租的棘手，便开会，发通电，大意说：今年收成特丰，粮食过剩，粮价低落，农民不堪其苦，应请共筹救济的方案。

金融界本在那里要做买卖，便提出了救济的方案：——（一）由各大银行钱庄筹集资本，向各地收买粮米，指定适当地点屯积，到来年青黄不接的当儿，陆续售出，使米价保持平衡的状态；（二）提倡粮米抵押，使米商不至群相采购，造成无期的屯积；（三）由金融界负责募款，购屯粮米，到出售后结算，依盈亏的比例分别发还。

工业界是不声不响。米价低落，工人的“米贴”之类可以免除，在他们是有利的。

社会科学家在各种杂志上发表论文，从统计，从学理，指出粮食过剩之说简直是笑话；“谷贱伤农”也未必然，谷即使不贱，在帝国主义和封建势力双重压迫之下，农也得伤。

这些都是都市里的事情，在“乡亲”是一点也不知道。他们有的粜了自己吃的米，卖了可怜的耕牛，或者借了四分钱五分钱的债缴租；有的挺身而出，被关在拘押所里，两角三角地，忍痛缴纳自己的饭钱；有的沈溺在赌博里，希望骨牌骰子有灵，一场赢他十块八块；有的求人去说好话，向田主那里退租，准备做一个干干净净的穷光蛋；有的溜之大吉，悄悄地爬上了开往上海的四等车。

一桶水

两个小学生大家挟着一卷纸，在一家棚户的门旁边站住。背后跟着六七个比他们大一点的男女，男的赤膊，女的破裤管齐到膝盖，脸上都露出一副等着看戏文的神气。

“里头有人吗?”

“谁?”走出来的是比小学生大一点的两个男孩子：青布衫敞着胸，头发长到两寸光景。

“你们一家有几个人?”一个小学生看定黑暗的门框问。

“我们一家三个人，”长大一点的竖起右手的三个指头。“我们兄弟两个，还有一个妈妈。”

“你们念过书吗?”

“没有念过，”兄弟两个齐声回答，大家摇一摇头。

“你们识字吗?”

“我们没有工夫识字。”

“你们的妈妈识字吗?”

“识字?”一个中年妇人在黑暗的门框里出现了，左手挽着头发，右手拿着个木梳。“你们问我做什么?”

“现在不识字的人都得识字。本地有一百二十四个识字学校马上就要开起来。教你们识字，一个钱也不要。我们是来给你们记下个名字。”

“我也得识字吗? 哈哈!”中年妇人随手梳她的头发。

“除非你满了五十岁。”小学生留神看那中年妇人，估量她的年纪。“你同你的两个儿子都得识字。”

“小弟弟，”中年妇人带着讥笑的意思说，“我们不比你们。你们一个指头都不用动，家里有现成饭吃，念念书，识识字，满写意的。我们吃口饭，全靠两只手，不做就不得吃，那里来的闲空工夫去念书识字?”

“这不要紧。”小学生亲切地解释给她听：“识字学校是整天开着的。夜里开到九点钟。你们去识字，随你们的便，什么时候有工夫就什么时候去。”

“小弟弟，我还要问你们一句：识了字就有饭吃吗?”

“这个……这个……”两个小学生都涨红了脸。

“哈哈，他们又回答不出了!”围在小学生背后的六七个男女好像占了便宜似的。

“你们姓什么? 叫什么?”一个小学生把挟着的纸展

开来，又从衣袋里取出一枝铅笔，等着书写，借此遮掩自己的窘态。

“告诉他们好了，”长大一点的儿子看见娘有点疑惑的样子，就抢出来说。

“告诉他们好了，”六七个男女和着说。“我们的名字都写上去了，不见得就会给他们摄了魂去。”

“我们姓孙，我叫孙阿掌，弟弟叫孙阿秋，妈妈没有名字。”

“年纪呢？”小学生一壁书写，一壁问。

“我十六岁，弟弟十五岁，妈妈四十一岁。”

“又不对什么亲，连年纪都要问明白的！”中年妇人这样自言自语，同时把绞好的头发挽成个发髻。

就是这一天傍晚，娘儿子三个敲了整天的石子回来，正在围着一盏美孚灯吃泡饭，醮头张老大收太平公醮的份钱来了。

孙大娘放下饭碗，从枕头底下检出一个蓝布小包来，解开了，取了两个双毫小银洋，翻覆看上几眼，就郑重地交到张老大手里。

阿掌阿秋两个的眼光给小银洋吸引住，直到张老大把小银洋放到衣袋里去，还是舍不得离开他那个衣袋。

“我走了，这是收条，”张老大把一张黄纸条放在桌子上，转身走出，随即消失在门外头的黑暗里。

"嗤，四毛钱换这么一张黄纸条！"阿掌把黄纸条抓在手里，发出愤愤之声。

孙大娘把蓝布小包仍旧藏到枕头底下，同时说："你不要把它弄皱了，明天好好儿贴在门户上，也算是我们孝敬神道的一点意思。"

"他一拿就是四毛钱，教我们三个白做了一天的生活！"阿秋顺着哥哥的口气。

"你不要说这种罪过话，"孙大娘眼望着阿秋，轻轻地说，好像怕给谁听见似的。"我们应该孝敬神道，说什么白做不白做！我们但求常常有生活做。我们但求神道保佑，不要把我们的破棚烧得精光。出几毛钱，我是不心痛的。"

"太平公醮每一年里要打两回，可是火烧每个月里就至少有两回，神道的保佑在那里呢？"阿掌放下手里的黄纸条，一口气把剩下的泡饭吃完了，随即跑到锅灶旁边洗他的碗筷。

"而且烧起来总是大烧，"阿秋也吃完了泡饭，带着碗筷走到哥哥身边去。"不是四五十家，就是一二十家。神道简直把我们当做他的玩意儿，他爱听我们的啼哭，他爱看我们坐在灰炭堆上！"

"难道你们两个发痴了？神道的事情也好随口嚼蛆的！"孙大娘念了几声阿弥陀佛，才匆匆吃完她的夜顿。

但是阿掌并不就此住口，他看着阿秋说："每一家人家四毛钱，你算算看，三百家人家一共多少钱？”

“三四一千二百毛钱，换起大洋来，就是一百块钱不到一点。”

“每一年两回就是两百来块钱。这笔钱省下来，很可以派用场。白白送给道士真是傻。”

“你说不用打醮吗？”孙大娘洗罢锅灶，正揩着手，睁大了眼睛说。“一年打两回醮，还是常常要火烧。若说不打醮，只怕天天要火烧哩。”

“防火烧该有旁的法子，”阿掌伸张两条臂膀，挺一挺胸膛。“我们要把那法子想出来，再不要年年化冤枉钱。”

“冤枉钱！”孙大娘一屁股坐在床上。“大家情情愿愿出钱，谁也不喊一声冤枉，自然有不冤枉的道理在里头。难道大家都是呆子，独有你是个聪明人吗？你没有进学堂去念洋书，就有这么些昏想头。等到你依了今天来的两个小学生子的话，真个去念起洋书来，昏想头一定还要多呢。哼，我们实在用不着念什么洋书！”

“妈妈，我也不爱念什么书，念了书还不是去敲石子。”阿掌站到孙大娘的面前。“不过，打醮的事情，我已经想了好几天了，你不相信，只要问阿秋。那天张老大来关照，说又得出份钱了，我就不快活。我们的钱是气力换来的，又不是偷来抢来的，为什么要化到这种事情上去？我总是这么想，防火烧该有旁的法子。”

阿秋接上说："这一回的钱，张老大已经拿走，不必再说。下一回再打醮，妈妈，我们不要出钱了吧。我们……"

阿秋的话没有说完，忽然外面扬起一片喊声。"火呀！""火呀！""妈妈呀！""爸爸呀！""奶奶呀！""救命呀！""救命呀！"这些声音搅和在一起，尖锐，哀酸。

"又火烧了！"娘儿子三个急忙向门外跑。只见东面约摸离开五六十家的人家正冒着浓烟。狭窄的小弄两旁边，人影子一会儿闪进草棚里去，一会儿又闪出来，抱着孩子，背着东西，嘴里喳喳地嚷些什么。有几个人提着水桶跑过。几条草狗赶来赶去乱叫。

"张老大的家离得不远了，"阿秋说了一声，就牵着阿掌的手向东跑去。

三四个火舌头吐出来了，照见那草棚近旁挤着许多的人。烧红的芦柴屑飘飘扬扬飞到天空。作为柱子的毛竹发出毕毕剥剥的爆裂声。一阵风来，火舌头就舐到靠西一家的棚顶。

"啊——"挤着的人一阵呼喊，像受惊的蜂群一般骚动起来。

"阿弥陀佛，阿弥陀佛，"孙大娘突然醒悟似地，回进她自己的草棚。

半个月以后，阿掌阿秋进识字学校了，因为白天要做生活，他们吃过了晚饭去。同在一起的是邻近的年纪相仿的男女，一伙儿去，一伙儿回，有说有笑，倒也没有什么不惯。可是字实在难认。那先生教一个字要翻来覆去说上一套的话，听听也不免有点厌烦。孙大娘是没有去，她说：“有工夫识字，还不如乘乘风凉，早点儿睡觉。”警察到过她家里一趟，告诉她不去识字就得受罚。她含糊答应了，等警察转了背，努着嘴说：“什么都用得着你们管！不识字又不犯法，看你们怎样来罚我！”

在到校和回家的路上，阿掌阿秋和同学的男女常常谈起最近一回的火烧。一连烧去了三十几个草棚。一个老太婆两个小孩儿丧了性命。救火车开不进狭窄的弄里。水桶拿不出许多。往来取水只是杂乱无章的一阵胡闹。问到起火的原因，只为捉臭虫烧着了芦柴墙。太平公醮就在火烧的第三天开场，接连打了三天，醮头张老大就是烧得精光的一个。真个有神道的话，那神道简直是专门同人家开玩笑的坏蛋。谈到末了，阿掌就来这么一句：“防火烧该有旁的法子。”

一群少年男女几次商量的结果，大家认为草棚本来是容易着火的东西，又加烧饭点灯都不和零乱的家具隔开，一不当心，自然就闯出祸事来了。最要紧的还在把零乱的家具收拾得清楚一点，锅灶不要贴着墙壁，点灯的桌子或者凳子上不要摆旁的东西，臭虫要在白天里捉，每晚上要仔细看过，有没有火种留下，才好睡觉。

“我们一共有三百家人家，要家家这样做，只怕不容易吧。”

“我们这里有三十多人，用了我们的嘴，一家一家去劝，每人劝十家，事情就成了。”

“单只是劝，还是不行。我们应该在自己家里先做起来，给人家做一个样子。”

“我们还要去替人家收拾，”阿掌兴奋地说。“人家怕事，懒得动，我们可不怕事，欢喜动！”

“我们几时开头呢？”

阿掌说：“就是今晚上开头好了。天气热，早睡也睡不着。我们有的是嘴，要好言好语劝人家，等人家听信了才罢休。”

这时候，他们已经走进了棚户的区域。昏暗的小弄里，两旁排列着乘风凉的人，扇子劈拍劈拍地乱响，唱山歌声和小孩儿啼哭声搅在一起。那些人看见这些识字学生，不由得带笑带讽地说：“读书官人回来了，读书官人回来了。”

识字学生散了开来，各就自家邻近的人进行劝说，板凳有空地位，把屁股点在板凳角上，不然就蹲了下来，以便和听话的人齐肩。大家一听提起火烧的事，言语好像开了水闸，滔滔汩汩泻个不歇。到后来听说防止火烧可以从收拾家具入手，有些人就不免笑了起来。说事情只怕没有这样便当。烧不烧到底在天意，天意不要你烧，你去放火也烧不着的。并且，要收拾得清清楚楚须得有空地方，草棚只有这么一点点大，什么东西都挤在一块儿，你要收拾除非把东西丢掉。

识字学生于是作第二套的劝说。收拾总比不收拾好一点，就不是为防火烧，东西有了一定地方，使用起来便当得多。并且，东西也不用丢掉，收拾之后，屋里自然会见得宽大起来。又说，这个事情并不难，不妨试一试，只要少乘两个晚上的风凉，就成了。以后只要永远记着，什么东西在什么地方，再没有旁的事情了。如果人手不够，或者嫌得麻烦，愿意给他帮忙。

听话的人这才带一点勉强答应下来，说："你们这批孩子念了洋书就有新花样。譬如白做一工生活，依从你们收拾收拾吧。"

识字学生见目的已经达到，不再同人家多辩，就站起来去劝说第二家。

不到三天工夫，收拾东西的劝说传遍了棚户的区域，动手收拾了的也有百来家。就说孙大娘家里，已经改变了面目。躲在里角的锅灶搬到了门旁边。小小的一只破板箱专盛木柴，和锅灶隔开一只水缸。板箱上面挂着小竹橱，里面放着盐瓶油罐饭碗那些东西。一横一竖两张板床贴着里角。娘儿子三个所有的衣服打成两个包裹，放在板床的脚横头。除了便桶以外，一切盆桶瓶罐都藏在床底下。原来挂着的撕破了半边的天官像收下来充了柴火，就在那地方挂着娘儿子三个做生活用的几柄小铁椎。一张板桌站在屋中心，桌子上只有一把泥茶壶一只绿豆色茶碗陪着那盏美孚灯。桌子旁边是一条长凳，一把坏了靠背的椅子。

邻舍跑来看了，说：“孙大娘，你们的东西好像少了许多，你们的屋子好像大了许多了。”

孙大娘用并不严重的埋怨口气回答：“他们兄弟两个起劲，把屋里翻了个身。现在好像新搬场，样样东西都不凑手了。”

“我们也是这样。不过收拾过后，眼睛看去觉得清爽，坐坐躺躺也舒服一点。真不明白，我们从前为什么只管乱摊乱塞，把家里弄得像狗窝？”

没有动手的两百来家听到这样的话也就兴奋起来。久已不经拂拭的芦柴墙掸去了灰尘。霉蒸气的破篮破箱被提到门外头浴着太阳光。躲在各处的臭虫遭了劫运，不等出来吸血就被屠杀。衣服棉被重新经过折叠。瓶甏之类揩的揩，洗的洗，都显出一副新面孔。他们有的看人家的样，有的自出心裁，给一切东西找个新的适当的位置。他们好像参加一种游艺的竞赛，不爱惜自己的气力，同时忘记了为什么要这样做的目的。只有十来家是孤老头子或者年迈的老太婆带着她的小孙子，他们颓唐得利害，鼓不起中年男女少年男女那样的兴致。阿掌阿秋一批人就给他们代劳，实践了自己的约言。

“我们也得收拾收拾道路呀，”不知是谁这样喊了出来。

“好的！”许多扫帚就在各家门前扫动，把成群的苍蝇骇得一阵乱飞。

一群识字学生从学校回家，一路踏着象牙色的月亮光，谈谈说说，又讲到各家收拾东西的事情。

“喂，”一个推塌车的少年工人提高喉咙说，“你们有没有留心？有许多人家又把东西乱摊乱塞，木柴木花堆在灶门口，火油灯摆在眠床旁边了！”

“怎么没有留心？”一个纱厂女童工接上说。“不过我们家里还是像前天一样，没有改变。”

“单单我们家里整齐是不行的，”阿秋立刻给她个回驳。“三百家人家挤得紧紧的，一家闯出祸事来，就有许多家陪着受累。故而非家家整齐不可。”

阿掌说：“我看，我们得再来一次劝说。只有一句话，教大家像念佛一样，念在口里，记在心里。就是说：‘要防火烧，第一要把家里收拾清楚。’他们当初只是一窝蜂，听了我们的劝说就收拾一下，并没有留心到这一层。现在须教大家特地留心。”

“倘若大家识了字，就可以把这句话大大地写起来，贴在各家的墙上了，”对于识字并不感到兴趣的一个香烟厂童工忽然发见了文字的用处。

“今天警察又来过了，”一个翻砂厂的少年工人接上说，“说十天以内谁不去上学校，就得拉到局子里去。”

“大家想不透识字有什么用处，字又那么难识，硬做拉去也是白费心思。”阿掌停顿了一下，又说：“像我们妈妈，她就说有工夫识字，还不如早点儿睡觉，让身子多歇息一会。——这且不要管她。我想，我们还得劝说一桩事情，就是每家预备一桶水。救火车开不进我们的弄里。火起了，慌慌忙忙到河里去取水，取起一桶来至少泼掉半桶。故而要在平时预备一桶水。”

“你这法子好，”推塌车的少年工人拍手说。“每家一桶，三百家就是三百桶。”

“我想，”香烟厂童工抬起头来望着月亮，“这一桶水还得放在一定的地方，用得着的时候，拿起来就一点不费事。”

“照这样说，”翻砂厂的少年工人想得更进一步，“我们应该时常练习救火。怎样提水桶，怎样向火起的地方跑，怎样回转身来再去取第二桶水，这些都要练习得很熟很熟，到那时候才可以不慌不忙把火救熄。你们看，救火会里不是时常在那里练习的吗？”

一群识字学生听到这里一齐拍着手说：“什么事情都要商量，越商量越会有好主意出来。现在我们可以同火神抵一抵了！”

他们怀着热烈的心情，一跑进棚户的区域，就分头向各家劝说。

“读书官人，你们又有什么新鲜花样吩咐我们了？”影子斜拖在地上和墙上的男女乱纷纷地问。

“要防火烧，第一要把家里收拾清楚！”

“要防火烧，每家必须预备一桶水！”

他们说家里要永久收拾清楚，不可今天弄清楚，明天就弄乱了。又说一桶水要永久放在一定的地方，并且要大家一同来练习救火。

阿掌劝说的是张老大。张老大的新草棚又搭起来了，毛竹芦席和稻草都是赊来的。他正牵挂着新债务在那里叹气，听了阿掌的话，恨恨地说：“让它再烧吧！把我人都烧死顶好！防火烧，我不高兴！谁保得定防了就不烧？”

“张伯伯，你当醮头，很起劲的，吃了自家的饭，干的大家的事。现在说的也是大家的事，为什么就不高兴了？难道你只相信神道，不相信自己吗？”

“相信自己又怎样呢？”张老大眼瞪瞪地望着稻草还没有剪齐的屋檐。“一会儿烧起来了，我一个人，两条臂膀，也奈何它不得。”

阿掌举起两只手，说：“我们有三百桶水，我们有练得熟透了的救火本领，怎么说奈何它不得？从前吃亏的在我们没有合起伙来干，现在我们合起伙来，力量就大了。张伯伯，你要相信我们自己的大力量！”

“你说合伙合得成吗?”张老大幽幽地说。

“怎么合不成?打太平公醮,大家情情愿愿出钱,这就是合得成的凭据。现在说的比打醮更有把握,大家为着自己,自然会高高兴兴合起伙来。”

“这件事情我总不来领头,”张老大还是有点不信服。

“张伯伯,我们不要你领头。你只要依我们的话,平常预备一桶水,到练习的时候,你也来在一起练习,就是了。”

“就依你的话吧,”张老大有气没力地说。“现在年纪大的都得跟从你们小伙子了!”

镗,镗,镗。破锣声在棚户区域里跑过。停了一口气的工夫,又是三声:镗,镗,镗。

家家门里立刻都冲出一个人来,男女老少都有,手里各提着一个水桶,木桶铅桶都有。

“三声是西边,向西边跑呀!”像风吹的落叶一般,人群向西边涌去。西边的落照正红,仿佛真有个火烧场在那里。

“哈哈,好玩的事情,我们去救假火!”

“看见吗,你的水泼掉半桶了?”

推塌车的少年工人高声地喊:“大家不要嘻嘻哈哈!救假火要像救真火一样!水不要在半路里泼掉!要浇在

火场上才不可惜!”

人群冲到棚户区域西边的尽头，只见阿掌站在一个土堆上，手里举起一面红布小旗子。这是火场的记号，大家就争先把桶里的水向土堆浇去。有些人跑上土堆，去浇阿掌的身体，嘴里喊着“给你愡个浴!”

阿掌立刻成了落汤鸡，衫裤通湿，淋淋地滴着水。

“哈哈，”大家觉得有趣，都停了步看着阿掌大笑。不担任提水桶的男女和小孩子也踏脚拍手助兴。

“你们忘记了!”阿掌挥动旗子，好似军官一般威严。“赶快到河埠头去，取第二桶水来！你们闲看的让开一条路！这样团团围住是要给你们误事的!”

人群一阵移动，闲看的站到两边。浇过了水的急忙转身向南，抄到河埠头去。后到的才得挨近土堆前浇水。

一会儿，落照已经收了光，阿掌估计差不多个个人浇掉两桶水了，就发出命令说：“今天的练习就此完毕。往后听见锣声再来。一件事情不要忘记，空桶得取了水带回去，放在老地方!”

“啊，我们打太平锣回去!”大的小的阔的尖的喉音一齐仿效着锣声：“汤，汤，汤，——镗，镗，镗，”脚步踏在湿漉漉的泥地上，发出兹札兹札的声音。

阿掌从土堆上跳下来，望见张老大的背影，提着一个空铅桶独自走去，就追上了他。“张伯伯，你看今天不是大家都来了吗?”

“唔。倘若早有这一回事，说不定我的草棚不会烧掉了。你想，离开起火人家有八家呢。”

“今天大家不很认真，往后还得好好地练习。要练习得像兵操一样，又认真，又整齐，又勤快，那我们就不吃火烧的苦了。”

两个人并排走了二三十步，阿掌又自言自语说：“我们更得劝大家识字哩。要是有一种容易识一点字就好了。”

“怎么说？”

“我们这里不识字的多。有一句话，一定要一家一家去传说。听了的还是要弄错，要忘记。张伯伯，你是识字的。倘若大家都识了字，有什么话不是可以写在纸上贴起来吗？譬如救火方法，就可以一句一句写出来，教人家看得明白，记得牢固。”

“你的话不错，——我要到河埠头取水去，你先走吧。”张老大和阿掌分路。

阿掌回到家里，只见阿秋已经取了一桶水，放在板床横头。他高兴地说：“阿秋，等会儿学校里回来，我们来练习造句，说的是救火方法。”

“好的，”阿秋跟着娘盛冷饭，回转头来答应。

鸟言兽语

一只麻雀和一头松鼠在一棵柏树上相会。

松鼠说："麻雀哥，有甚么新闻吗？"

麻雀点点头，说："有，有，有。人类在瞧不起我们，说我们不配像他们一样，开口说话，发表意思。"

"这怎么说的？"松鼠把眼睛眯得很小，这表示他在想心思。"我们明明能够开口说话，发表意思，怎么说我们不配？"

麻雀说："我说得太简单了。人类的意思是他们的说话高贵，我们的说话低微，是不能够比并的。他们的说话值得写在书上，刻在碑上，或者用播音机播送开去。我们的说话可不配。"

"你这新闻从那里得来的？"

"我从一位教育家那里得来的。昨天我出去游散，飞到那位教育家的檐前，看见他正在低着头写文章。看他的题目，中间有'鸟言兽语'几个字，就引起了我的注意。他怎么说起了我们的事情呢？不由得把他的文章看下去。原来他在议论人类的小学教科书，说一般小学教科书往往记载着鸟言兽语，让小学生和鸟兽作伴，这怎么行！他又说许多教育家都认为这是人类的堕落，小学生只管把鸟言兽语读下去，必然弄得思想不清楚，行为不正当，同鸟兽没有分别。最后他说小学教科书应该完全排斥鸟言兽语，人类的教育才有转向光明的希望。”

松鼠举起右前足搔搔下巴，说：“我们说我们的话，原不豫备请人类记载到小学教科书里去。既然记载进去了，却又说我们的说话没有这个资格。一班小学生的将来如果真个思想不清楚，行为不正当，还要把这责任上在我们的账上呢。人类真是又糊涂又傲慢的东西！”

“我最气不过的是那位教育家不把我们放在眼里。甚么叫做‘让小学生和鸟兽作伴，这怎么行！’甚么叫做‘必然弄得思想不清楚，行为不正当，同鸟兽没有分别！’人类和我们作伴，就辱没了他们吗？我们的思想就特别不正当吗？他们的思想就没有不清楚，行为就没有不正当吗？”麻雀说到这里，胸脯鼓得饱饱地，像他在下雪时候对着雪花生气一个样子。

松鼠是天生的富有智慧的东西，他带着笑容安慰麻雀说：“你何必生气呢？他们不把我们放在眼里，我们可以还敬他们，也不把他们放在眼里。甚么事情都得切实考察，才能够长进知识，增加经验。我现在想要考察的是人类的说话是不是像他们所想的那样高贵，究竟同我们的鸟言兽语有怎样的差异。”

“只怕比我们的鸟言兽语还要低微，还要没有价值呢！”麻雀依然那样气愤愤地。

“麻雀哥，你这样未免武断了。评论一件事项，在没有找到例证之前就下判断，叫做武断。这是不很妥当的，我希望你不要这样。我们要找例证，还是到人类所住的地方去考察一番吧。”

“去，去，去，”麻雀扑扑翅膀，准备起程。“我希望此去找到许多的例证，根据这些例证，我们写在我们的小学教科书里说，世间最低微最没有价值的是‘人言人语’，我们鸟兽说话万不可学人类的样！”

“你的气还是消不掉吗？好，我们起程吧。你在空中飞，我在树上地上带冲带跳地跑，我们的快慢正相仿佛。”

麻雀和松鼠这就起程，经过了密簇簇的森林，又经过了莽荡荡的郊野，来到人类聚集的都市，停在一座三层楼的檐头。

都市的街道上正拥挤着大群的人，只看见头发蓬松的头颅合成一片缓缓前进的波浪，也数不清人数共有多少。他们各举起空空的两只手，喊说：“我们有两只手，给我们工作做呀！”一会儿，他们各自拍着瘪瘪的肚皮，喊说：“我们有一个肚皮，给我们饭吃呀！”各人的喊声合在一块，非常响亮。

听了这喊声，松鼠回头对麻雀说：“这两句‘人言人语’并不错呢。有了手就得做工作，有了肚皮就得吃饭，原是最简单最明白的道理。”

麻雀点点头，正要开口，忽然看见下面街道上起了骚动：几十个服色一律的人跑来，手里执着白木短棍，腰间插着乌亮的铁管子，他们散开在大群的人的四围，举起白木短棍只顾乱挥，意思是要他们散回去；可是大群的人并不听命，推拥了一阵，只把各人之间的空隙挤得更紧一点，一片头颅合成的波浪依旧缓缓前进。

“我们有两只手，给我们工作做呀！”

“我们有一个肚皮，给我们饭吃呀！”

手执白木短棍的人动怒了，大声呼叱说：“不许开口！这里没有你们开口的份儿！你们再敢像狗一般狂吠，鸱鸮一般乱叫，当心我们手里的棍子和腰间的管子！”

麻雀把翅膀推动松鼠的身躯，说：“你听，你刚才说这两句‘人言人语’并不错，可是那些执白木短棍的人却认为‘鸟言兽语’，不许他们开口了。我想这未必单由于糊涂和傲慢，应该还有别的道理。”

松鼠连声说：“一定还有别的道理，一定还有别的道理，我们一时猜不透罢了。不过有一层我已经明白了：人类把自己不爱听的话都认为‘鸟言兽语’，狗吠哩，鸱鸮叫哩，以外大概还有种种的说法。”

麻雀说："他们的小学教科书排斥'鸟言兽语'，想来就因为这一层吧。"

松鼠和麻雀谈谈说说，下面街道上大群的人渐渐去远了，白木短棍还是在他们的周围挥动，可是他们依旧挤在一块，一阵一阵地发出喊声。后来他们向左转弯，大群的背影这才看不见，喊声也轻微到几乎没有。松鼠拍拍麻雀的背，说："我们换一处地方去看看吧。"

"好的，"麻雀不等说完，扑开翅膀就飞。松鼠就在大建筑的屋顶上奔跑，这样他随时可以看见下面的情形。

大约赶了半天的路程，他们来到一处地方。一片广场上排列着无数的军队，有步队，有炮队，有飞机，有坦克，队伍整齐得很，好像一大方一大方的立体形，刚才用一把大刀切过的。这些队伍面对着一具铜像。那铜像雕的是一个骑马的人，头戴军盔，两撇胡子向上矗起，一副不可一世的气概。

麻雀说："这里是甚么玩意儿，我们看看吧。"说着，就停在那铜像的军盔上。松鼠很活灵地爬上那铜像的身躯，直到右面的胡子的部分才歇脚，他把一条尾巴也向上矗起，从下面望去，只觉得那铜像在修胡子的时候少刮了一刀。

忽然军号军鼓吹奏起来了，所有的军士都举手行礼。一个人正走上铜像下的台阶，高高的颧颊，犀牛嘴似的扁嘴，圆滚滚的两颗眼珠突了出来。他在铜像下站定，回转身躯，面对着所有的军士，就开口演说。每一个声音都像从肚肠角里迸出来的，消散在空中，好比一个个爆裂开来的爆仗。

“我们的敌人是世界上最野蛮的民族，我们要用我们的文明去制服他们！用我们的快枪，用我们的重炮，用我们的飞机，用我们的坦克，教他们帖帖服服跪在我们的脚底下！他们也敢说甚么抵抗，说甚么保护自己的国土，真是狗的狂吠，猪的胡呓！今天你们出发，要显出你们文明人的力量来，教那批野蛮人再也不敢狂吠，再也不敢胡呓！”

“又是把自己不爱听的话认为‘鸟言兽语’了，”松鼠抬起了头幽幽地说。

麻雀说：“用了快枪重炮这些东西，无非去伤害人家的性命，毁坏人家的资产。怎么倒说是文明人呢？”

“大概在这位演说家的‘人言人语’里头，文明哩，野蛮哩，这些字眼的意思，和我们所说的不相同的。”

“照他的意思说起来，凶狠的狮子和蛮横的鹰要算是最文明的了。然而我们公认狮子和鹰是最野蛮的东西，因为他们要用我们的血肉填充他们的肚皮。”

松鼠冷笑一声说：“我如果是人类的话，一定要说这位演说家所说的是‘鸟言兽语’了。”

“你看！”麻雀向松鼠示意说。“他们出发了。我们跟着他们去吧，看他们怎样对付他们的敌人野蛮人。”

松鼠即溜地从铜像上爬下来，匆匆跟着军队前进。后来军队上了渡海的船，松鼠就躲在他们的辎重车里。麻雀呢，有时停在船桅上，有时飞到辎重车旁边，吃点东西，和松鼠谈谈，一同观赏海天的景色，倒也并不寂寞。

几天之后，军队上了岸。那就是野蛮人的地方了。麻雀和松鼠向四下里观看，一样的山野，一样的城市，一样的人民，看不出野蛮在那里。他们离开了军队，向前进行。来到一片广场，也正有军队排列在那里。看兵士手里，有的拿着一枝长矛，有的抱着一枝破后膛枪。大炮好像一架都没有，飞机和坦克更不用说了。

“麻雀哥，我明白了。”

“你明白了甚么？”

松鼠用他的尖嘴指着那些军队，说：“像这批人这样，没有快枪，大炮，飞机，坦克等等东西，就叫做野蛮。有了这些东西，像带我们来的那批人一样，就叫做文明。”

麻雀正想说甚么，看见一个人站到军队面前来了，浓黑的络腮胡子，高高的身躯，两只眼睛放射出愤怒的光。他提起喉咙，对军队作下面的演说：

“现在敌人的军队到我们的土地上来了！他们要伤害我们的性命，夺取我们的资产，简直比强盗还不如！我们只有一条路，就是给他们一个强烈的抵抗！”

“给他们一个强烈的抵抗!”军士齐声呼喊，手里的长矛和破后膛枪都举了起来，在空中舞动。

“那怕流剩最后一滴血，我们还是要抵抗，不然我们前面就没有生路!”

麻雀听得感动，眼睛里有点湿润了。他说：“我如果是人类的话，平心地说，这里的人所说的该是‘人言人语’了。”

但是松鼠又冷笑了。“你不记得前回那位演说家的话吗？照他说起来，这里的人所说的全是狗的狂吠，猪的胡呓呢。”

“可见人类的说话没有准儿的。”停了一会，麻雀又说：“但是‘人言人语’也并不完全低微，没有价值。我当初的想头原来也只是一偏之见。”

“我看人类可以分为两批，一批人说的有道理，另一批人说的完全没有道理。他们虽然都自以为‘人言人语’，实在不能一概而论。我们的‘鸟言兽语’可不同，我们大家按照道理说话，一是一，二是二，一点没有错儿。‘人言人语’和‘鸟言兽语’的差异就在这个地方。”

嗡——嗡——嗡——

天空有鹰一样的一个黑影飞来了。场上的军士立刻散开，分作许多小队，向四围的树林里躲藏。那黑影越近越大，原来是一架飞机。在空中绕了几个圈子，就掉下一颗黑色的东西来。

轰！

一声巨大的声响。树干，人体同泥土一齐飞溅起来，像节日燃放的大烟火。

麻雀吓得魂不附体，扑开翅膀拼命地飞，直飞到海边才停下来，用鼻子嗅嗅，空气里好像还含有火药气息。

松鼠比较镇静一点。他在血肉模糊的许多尸体上跑过。一路上遇见许多逃难的人民，牵着牛羊，抱着孩子，挑着零星家用东西。只是寻不着他的朋友。他心里想：“只怕麻雀哥也成为血肉模糊的尸体了！”

冥世别

白髯皂袍的冥王坐在上面，说：

“你们何以又要到阳世去呢？我不是早对你们说过，你们已经尽了为人的光荣的本分了，更没什么遗憾；我这里虽然阴森一点，但是公平，有秩序，正适宜于你们永久地休息，就此安心住下去吧。你们也已答应了我，说阳世的事自有别人在那里尽他们的本分，在那里干，你们是决定安心住下去了。现在，为什么又要来对我告别呢？”

冥王的眼里满含着离愁；他的语调柔和到极点，可是带着凄惋，犹如慈母舍不开她的爱子，用她特有的动情的调子，希望把他们的脚步挽住；这使两旁的判官鬼卒觉着诧异，都呆着怪丑的脸向他呆望。他们想：

“就是送十全的善人超升仙界，我们的王也从不会这样依依不舍。今天，这几个青年说要去了，他却作这一副神态，忘了他冥王的威严，多少怪！怪！……”

站在前面的青年有五个。两个各把自己的头颅提在手里，这是从电线杆上取回来的。其他三个的头面上都有血色转殷的凹陷处，两处三处不等，是枪弹的成绩。他们五个听冥王说罢，互相看了一眼，那高个儿手里的头颅便开口说：

“我们很感激你的盛情！但是，我们不得不再到阳世去作一回人。请看这一篇文字吧，我们今天发见了它。”

说着，空着的一只手从衣袋里掏出一张阳世的新闻纸，授给冥王。

“莫非阳世涌现了极乐世界么？你们爱热闹，所以要看看去。”

冥王这样自语，便展开那张新闻纸来看。虽然白须髯铺满了胸前，尚无须乎眼镜，并且视线一上一下移动得很快，一会儿已看过了五号字密排的一横栏。他忽然愤怒起来，脸色转成铁青，眼里仿佛闪着猛烈的火焰，厉声说：

“竟说出这样的话来！我的拔舌地狱应该拘囚这班东西！”

“请不要动怒。”

那高个儿把头颅提高一点，面对着冥王，抱歉似地说。

“你以为那一些句子看不入眼呢？”

“什么叫率学生而反对校长，反对教员，亦未始非宣传……？什么叫有地位有家室有经验者多不肯冒险一试，学生更事不多，激动较易……为最便于利用之工具？什么叫牺牲一部分青年之利益，以政治学上最大多数之最大幸福之要求衡之，尚非不值？”

冥王一句严厉一句地喝问，他不想到站在他面前的并非他所要审判的鬼犯。

站在右边的一个青年接上说：

“这正是表白心理的自供状呀。冥王，你是永远干那审判的事情的；在审判者面前，表白心理的自供状不是很可贵的么？”

这声音是从血肉模糊的凹陷处发出的，因为左颊中着枪弹，嘴就同创痕并了家；大概牙齿已去了好几颗，舌头也伤了一点，故而发音嗞嗞地，像嘴里含着什么火烫的东西。

“唔，是表白心理的自供状……”

冥王沈吟了；他闭了闭眼，把新认识的人世的罪恶深深记在心里。同时对于面前的几个青年起了深浓的怜悯，他恻然说：

“你们只作了工具，只作了牺牲，我代你们悲伤！你们当临命终时，决不会料想到会有人这样说你们的吧，我想。”

“感谢你的同情。”

五个青年齐声回答。但随即摇着头，两颗提在手里的头颅尤其摇得利害，像奔马项颈下的铃铎，他们又说：

“但是，请你不要代我们悲伤，因为我们自己都不觉得悲伤。”

“为什么？你们死得既冤枉，死后又受着诬蔑，这在别人，是要哭出血来的伤心事呢。”

较矮的一个提着头颅的沈静地回答说：

“因为我们自信不会作了他们的工具。说到工具，农人耕田，工人制器，凡是不吝惜一己的劳力的，谁都为大众，谁都是工具。我们又何能不作工具呢？只是不会作了那批称我们作工具的人的工具！

“那时候，他们恋着地位，守着家室，据着经验，潜伏在社会的角落里，像抖抖瑟瑟的老鼠。他们用惊讶而无情的眼光偷望着我们，心里是发育未完全呀，知识经验未具备呀，尚不能离成年人之保佐而独立呀，那一套；他们以为我们只是盲从的惯家，有谁指鹿为马，我们也会哄然而应，说是马的。根据着这种误解，到现在，他们就工具呀工具呀满口地唱了。

“他们无论如何不能了解我们，犹如夏虫不懂得冰，井蛙不懂得海。”

说着，躯干岸然直挺，把头颅举起，高过削平的项肩，呈一种异样的不可一世的神态。随又激昂地说：

“我们正因为年青，脑子还清白，没染着那种带腐臭气味的经验的毒。我们懂得容受与拒绝，我们懂得有所为与有所不为。凡容受了信仰了的，事不论大小，我们自己负绝对的责任，成功时不是沾了谁的光，失败时也不是上了谁的当！冥王，请你想，是侦探密布大刀队四处游行的恐怖局面呢，若不是衷心有所执持，肯胡乱盲从，出来充当一个工具么？

“惟其如此，所以从头颅挂在电线杆上，枪弹嵌在血肉里边，一直到现在，我们绝不悲伤；这种下场是题中应有之义呀，假若过后要悲伤，先前也就不去作这等题目了。然而他们那里了解这些呢，只看见我们是死了，而他们还活着，就说我们作了他们的工具！”

冥王不禁叹气了；他想这几个青年还是初到来时那种坦然的态度，其实说他们经验未具备也对，那识别罪恶的经验，他们的确太缺乏了。他把上身凑前一点，指着报纸的文字，提示说：

“你们要仔细看呢。这篇文字里说‘率学生’，说‘激动’，说‘牺牲’，明明是他们躲在后边支配着你们，把你们挑在枪尖上，往敌人阵营里乱刺的。”

“不，不，他们那里能支配着我们！”

五个青年齐声说，手里的头颅同颈上的头颅又强固地摇着。

“只有我们鞭策他们，教他们不得不从社会角落里踅出来，也迈进几步龟一样的脚步。”

“那末这篇文字里为什么这样说呢?”

“是他们的夸大，根据着他们的卑鄙心理而结构成功的夸大。这样说了，就见我们的行动都出于他们的计画，他们有何等的远谋深算呢。第二，只消看这篇文字的题目；他们现在嫌厌像我们这样的人，说不要了，不能不加上些理论。世间有许多发于私欲和冲动的事情，都加上了找来的理论的外套呢!”

说这话的本来是一个秀美的青年，从丰满的前额同清朗的眉目可以知道；只是当右颊同鼻梁的部分都中了一枪，下颔又受了刀伤，遂成了个残破的颜面。

“不错，的确有许多发于私欲和冲动的事情，都加上了找来的理论的外套。”

冥王凝着惯于谛视阳世的眼睛，一连点头；心想他们虽是坦然的态度，识别罪恶的经验到底不见缺乏，刚才未免错认他们了。他又问：

“既是如此，你们为什么又要到阳世去呢?我这里公平，有秩序，又毫不嫌厌你们，正适宜于你们永久地安息。”

先前不曾单独开口的一个青年耸了耸肩，两手按住露出了肚肠的腹部，简劲地答：

“因为看了这篇文章，觉悟到我们并不曾尽了本分，故而要再去一趟。”

“阳世的事，不是有别人在那里尽他们的本分，在那里干么?”

“别人尽也吧，不尽也吧，全是别人的事。可是我们在觉悟到并不曾尽了本分的现刻，对于自己异常不满，同时急欲鞭策自己，无论如何不愿意就这样永久地休息!”

“你们怀着这样的意思，那末去吧，去吧，我不应该留住你们!”

但是泪水含在他眼眶里了，像两颗明莹的珠子。他看看两旁的判官鬼卒，似乎他已经看透了他们刚才的疑念，故而提起他们的注意，教他们各自分辨十全的善人与这几个青年有怎样的不同。

判官鬼卒仿佛都在报答冥王似地点着头。

“我不应该留住你们! 请你们受领我的一杯别酒吧。”

冥王这样说着，于是鬼卒们忙起设坐席陈酒浆的事情来。

招 魂

每一回到上海去，总要在季勉家里吃几餐饭。

吃饭，要算属于所谓“请客”的一种最乏味了。按照请客帖子上写明的时刻跑去，往往空无一人。茶房误会你是东道主，问你点什么菜，用什么香烟，就教你有点儿窘。等会儿主人来了，慢慢地一个两个地客人也来了，招呼，寒暄，喝茶，磕瓜子。好像大家没法消磨时间，特地会聚起来共同慷慨一下似的。好容易酒壶端了上来，大家谦让地挣得了各自认为适当的坐位，这才开始达到本题——举杯，动筷子。慢无中心的谈话藤蔓一样爬开去，一会儿国家大事，一会儿男女私事。一道一道的菜已经够多，而这些也是菜，滋味不同酸咸各别的菜。直到席散，胃是胀饱了，耳朵也胀饱了，胃和耳朵同样感觉木僵僵地，到第二天还是不很舒服。于是你不免发生疑问：所谓“交换知识，联络感情，”必须采用这种“请客”的方式吗？然而疑问尽管疑问，待接到又一个请客帖子，你仍旧得鼓起冒险的精神，毫不迟疑地，按照写明的时刻跑去。

在朋友家里便饭就好得多。第一，不装下过多的东西去，胃里舒服，简直想不到体腔内有一个胃。第二呢，谈话不敷衍，不散慢，即使并没有什么深文大义谈出来，但灵魂与灵魂对面，总觉有古人诗句“与君一夕话，胜读十年书”的乐趣。

季勉家里又有家乡运来的“竹叶青”，有自制的腌芥菜，有季勉夫人的豆腐羹。这几样东西我都欢喜。每一回到上海总去吃几餐饭，老实说，第三个原因就为了我的贪馋。

这一回我又去了。

除开季勉，客堂里坐着应君和胡君。这两位我都认识。应君在上海一所大学里当教授。胡君是季勉的学生，美国留学回来，在南京什么机关里做编辑的工作。

回转头来，看见靠窗的角落里还有一个十三四岁的男孩子坐着。青布长衫。杜做布鞋。姜黄的脸色。瞪视的眼神。不像个小学高级或是初级中学的学生，若是药材铺或是布匹庄的徒弟倒还相称。这个男孩子完全陌生，我不免看了一眼重又看他一眼。

“你来得凑巧，凑巧，”季勉递一杯新沏的毛尖给我。“吃过了饭，胡要显神通给我们看，把宛宛招回来呢！”

胡要显神通，把宛宛招回来，这个话太离奇了，我有点不相信我的耳朵。

但是季勉又指着角落里的男孩子说：“他是灵媒。宛宛来了的时候，别人看不见，只他看得见。话语也得由他传达。”

一时间我没有想什么，只觉得非常之诧异。看看胡君。还是两年前的样子，风度翩翩，头发胶得发亮，西服笔挺。只脸色略微见得苍老了一点。看看那“灵媒”。眼睛瞪视着，两只手支撑着椅子的两角。客堂里多了一个人，有人在说话，他似乎都没有觉察。最后我看看墙上那张宛宛的相片。

宛宛是季勉的女儿，去年秋间患伤寒病去世。平头二十岁。人很聪明。写得一手出色的《灵飞经》。又能作一些随笔小品文，发抒她的生活实感，不弄词藻，也不装腔作态。待人非常好，能够体帖别人的意思。她去世以后，不要说她的父母和亲戚朋友，就是隔壁张家的老妈子，眼泡皮直肿了两天。可是她有点儿悲观。不知道那里来的影响，在热闹和兴奋的境界中，她往往看出寂寞和颓唐来。有人说，这悲观就是她短命的预兆。

相片是看惯了的。半身，调子很柔和，额角飘起一绺头发，沈思的眼光对着左方。为的二十岁了，有一天她忽然高兴，跑到光艺去照了个相。谁料印出来之后正好挂在她的灵座上！

桌子上却和平日不一样，前方烛台上插着蜡烛，可是没有点。香炉中三支细长的香，袅呀袅地升起淡青的烟缕。稍后一点，一字儿排列着四个玻璃高脚碟子，陈设四色果品：枇杷，荔枝，香蕉，芒果。宝蓝瓷瓶里插着三朵妃色的大丽花，供在正中。靠墙相片下面，放着古式的有盖又有托的茶盏。这分明是祭献的款式，给宛宛回来受用的。

看看这个，看看那个，我心头涌起了好许多问题。但是我并不开口就问。有一餐饭工夫的谈话。吃过了饭，又有“显神通”。听着，看着要问的就不用问了。我何不忍耐一刻呢？

于是我好像一个品茶的内行家似地，用唇皮吸取一点淡黄的茶汁，让它在舌尖上沾润了好一会，这才徐徐咽下去。我说：“真是凑巧。胡先生显神通，我当然要看的。”在我的口气里，仿佛胡君会显神通是早就知道的了。

依照胡君的吩咐，饭菜用的“素”。然而酒倒不禁的。只胡君一个人，因为等会儿要念咒画符，不喝。那“灵媒”本来不会喝，同胡君先吃饭。我和季勉应君三个还是喝我们的“竹叶青”。

应君的酒量光景是平常的，才喝得三小杯，脸上的酒红已经蔓延到耳朵背后。他截断了胡君关于幽冥的谈话，提高了喉咙问：“老胡，你是美国留学生，莎士比亚的研究者，怎么忽发奇想，弄起这一套来？”

“留学生就不配弄这一套吗？”胡君轻轻地反问，声音中间不带一点儿意气。“伍廷芳伍博士，留学生的老前辈，你不会不知道吧？他晚年专心研究灵魂学，还同亡故的朋友谈过话。你又说什么莎士比亚的研究者。莎士比亚的戏曲里，不是也有鬼魂出现吗？”

“原来如此。”应君似乎想不起别的来说，只好端起杯子来呷一口酒。

应君的问话诚然有着论理上的罅漏，所以才一接战，立即“原来如此”，退回阵内。这和指摘摩登女郎不该往城隍庙烧香，西服青年不该在如来或是观音菩萨面前磕头，同样是没有经过思索的信口之谈。人家只要反问：摩登女郎为什么不该往城隍庙烧香？西服青年为什么不该在如来或是观音菩萨面前磕头？就无话可说了。

“老应，”胡君又放下饭碗开口了，打断了我的念头。“告诉你。真凭实据，如灵如响，不由我不相信，不由我不专心致志来弄这一套！”

“真凭实据？”

“祖师在乩盘上写下坛谕。某人要努力精修，不可三天两头打马将。某人要存心慈悲一点，不可专在赈灾机关里捞油水吃。这些都是我亲眼看见的。同时也亲眼看见某人某人跪在坛前，不好意思地磕着头。可不是真凭实据？”

“还有吗？”应君的嘴角边露出一丝鄙视的微笑。

“还有。祖师的大徒弟能够呼风唤雨，召狐狸精来同他握手。他的脑囟门不同你我一样，是能够开关的。运起法力来的时候，他的脑囟门就开了。涌起一颗宝光灿烂的东西，往上升，往上升，通过了屋顶，直升到霄汉。这是元神，啊，最最了不起的元神！”

我不由得想起七八岁时候，我那年老的伯父给我讲《西游记》的情形。伯父讲《西游记》常常带着玩笑的态度。譬如讲到孙行者一个筋斗十万八千里，他就说：“据此推算，他的身体该有五万四千里长不是？然而他不过是一只平常的猴子，同江北人牵来耍猴戏的一样。”现在胡君的态度可不然。他讲得非常严肃，一本正经，宛如教堂里的教士或是讲台上的大学教授。他的嘴角边本来留着自腻的唾沫，在赞叹“了不起的元神”的时候多用了一点劲，把绿豆那么大的一朵唾沫弹到了“素十锦”的碗里，那执着筷子的右手伸了一伸，仿佛要把这朵唾沫检出来，但随即若无其事地缩住了：就只有这么一点似乎减损了他的庄严。

“这些也都亲眼看见吗？”应君又逼进一步。

“那还没有。不过他们都这样说，就同亲眼看见差不多。”这当儿胡君好像忽然记起，饭碗里还有待吃的饭，立即让嘴巴凑近饭碗，咈，咈，咈，一连划了好几口。

“原来是‘他们’说的!”

“祖师的大徒弟在山东呢。我一直想到山东去参拜他，亲眼看他显神通，可惜没有工夫。下两个月天气热起来了，我们那边大概要减短办公时间。那时候一定请它一礼拜的假，山东去跑一趟。老师，”胡君的眼光从眼镜左边射到季勉的脸上，“我们一同去，好不好?”

季勉还没有回答。老妈子把豆腐羹端上来了。

“请尝尝看，”季勉手里的汤匙扬一扬，“我们的豆腐羹是有名的，我太太的拿手戏。”

“啊，淡的很，”季勉尝了第一汤匙，豆腐含在口里，声音有点含糊。“好像忘记了搁盐。王妈，拿一点盐来。……为的宛宛要回来，她做菜也没心思了，唉!”

这句话里含着多少的悲哀，在座的几个人仿佛都知道，大家默然。

“老师，”过了一分钟光景，胡君似乎觉得静默时间已经够了，眼光重又从眼镜左边射到季勉的脸上，“我们一同到山东去，好不好?”

“我去做什么?”

“请老师也去看看我们祖师的大徒弟的神通。”

“看了又怎样?”

“看了不能不相信，于是老师也可以发心修炼。”

“发心不发心且不说。单说神通。只要不是出戏法，真的能把狐狸精召来，我的手握着狐狸精的毛茸茸的手:

我就相信你们的。”

“那里是出戏法!”胡君直叫起来，像受了极大的屈辱。“绝对不是！绝对不是！老师有兴同去的话，保证握着一只毛茸茸的手，那些指甲还是兽类爪子的模样，可见的确是狐狸精。”

“握了狐狸精的手又怎样呢?”应君冷冷地问。

胡君吃完饭了，好像没有听见应君的话，他凑近一点季勉，谈什么秘密事件似地，悄悄地说：“老师，我劝你一定要发心!”

“我一定要发心?”

“我从前受了老师的教训，自问没有什么可以报答老师的，没有。现在在这里劝老师发心，如果承蒙采纳，这就是对于老师唯一的报答了!”

“喔?”季勉诧异地响了一声，酒杯停在嘴唇边。

“祖师写下坛谕，”胡君的声音越来得幽了，“中国大乱将至，啊，不得了！不得了！……”

“我虽然不是你们的祖师，”应君大概已经喝了七八杯，酒红蔓延到颈根，前额和太阳穴暴起了蚯蚓似的脉管，声音有点粗暴，“可是也知道中国大乱。谁说‘将至’，眼前的乱子还不大吗！你想，好几省的土地给人家抢了去，百分之九十九的人闹着饥荒，草根都没有得吃的只好吃死尸，吃活着的孩子！中国大乱，中国大乱，小学校里的一年生都知道的了!”

“这还不算，将来的乱子还要大，大得多！祖师说的，骨头要堆成山，血要流成江河。这边，几千里的一块，那边，几千里的一块，没有一张绿色的叶子，没有一只鸟儿或是一个小虫的叫声，完全是可怕的死灭！”胡君凝视着桌子上的残肴，声音发抖，好像“可怕的死灭”就在桌子上伸展开来。

“你们的神通呢？”应君负了气似地，把酒杯重重地放下，半杯的酒差不多都泼了出来。“你们能够呼风唤雨，召狐狸精来握手。不能够把中国的大乱消弭一下吗？”

如果应君的话是对我说的，我就有点受不住。他那种声气表示得很明白，他的话并不是怀疑的询问，简直是恶意的挖苦。然而胡君好像满不在乎。他顿了一顿，摇着头说：“你要知道，这是劫数，劫数！劫数只能够逃避，却没有法子消弭。老应，说来你又要不相信。要逃避得了，还得发心修炼！”得意的微笑在略见苍老的白脸子上浮了起来，同小孩子偷得了藏在什么地方的糖果一般。

“你这话什么意思？”

“不发心修炼，不知道逃避的路向呀！”

“你大概是知道的了？”

“怎么不知道！祖师说的，中国大乱将至，那时候到处是可怕的死灭！只有西方一块土，比较有生路。凡是有缘的，赶早发心修炼的，到得那边，就可以逃避这空前的浩劫。西方一块土是什么地方呢？祖师也吩咐得清楚，是四川，是云南！”

“原来……”应君的右手摩擦着脉管暴起的前额，眉头皱紧，沈吟了一会，自言自语说：“这倒和‘我们的堪察加’的政论家意见相同！”

“真的！”我自从坐了下来，一向喝酒吃菜不说话，好像守着什么戒，但是这当儿忽然不自主地漏出了这么一声。

“照这样说，”季勉燃着一支卷烟，吸了一口说，“也不一定要发心修炼呀。你告诉我们四川云南有着生路。我们如果相信你的话，到四川或是云南去就是了。不嫌得慢，可以坐轮船，要快有飞机，只要钱袋里不缺少钱。是不是？”

“那不然，”胡君搔了一下耳朵，吞吞吐吐地回答。“到了有着生路的地方，还得靠法力呵护，这才可以万无一失。——走呢，当然越早越好。灾难的到来好比飞机，先一刻还不见芝麻大的一颗黑影，一眨眼睛，就喤喤地在你头顶上盘旋了。到来之后你再别想溜。当然越早越好！”他并没有喝酒，可是似乎有点儿醉意，眼睛看着鼻子，声音在喉咙口打滚，仿佛只是说给他自己听的。“有一个姓彭的朋友，他是大学里的教授，第一天拜领了祖师的坛谕，第二天就向大学辞职，料理一切，不到两个礼拜工夫，她就带着妻子往云南去了。到现在，他在云南往下有三个多月了。他真能见几，不过……”

“居然有这样一位大学教授!”应君的眼睛张得很大，眼球上网满了红丝。

“见几的人呢，实在也不只他一个。有许多人依从了祖师的意旨，都在想方设法准备着，希望早一点踏着西方一块土。他不过比大家活络一点，所以给他占了先。”

“有许多人?”我又破戒开口了，一种呕吐似的感觉逼着我开口。

于是他夸耀祖传的宝贝似地，举出一些人名和履历。其中有好几个人是常常在报纸上露脸的，要不是由胡君那样“发心修炼”的人说出来，谁也不会想到他们竟然也有了“祖师”!

还有什么可说呢?

“酒喝不下了，”季勉依他的老规矩，做主人先自动止大家喝酒。但这回的劝止是不是适可而止的意思，还是别有因由，从他的一点没有酒意的瘦脸上实在看不出。到底他的年纪比应君大到十五六岁呢。

我和季勉应君三个吃着饭。筷子在几只菜碗里巡阅，懒洋洋地。

胡君用牙签剔牙齿，一只左手遮在嘴唇边。突然转换话题问：“老师，你相识的人不少，可有谁手头有现款，预备买股票?”

“这个年头，就是有现款的人，未必要买股票吧。”季勉咀嚼着饭粒沈吟了一下，又说：“不过也看是什么种类的股票。”

“是商务书馆的股票，先严传下来的。我想把它卖出去。”

“商务书馆的股票，那是犯不着卖出去的。”季勉给别人打算往往比给自己打算还要忠心，他这种性习在朋友中间传为美谈。“商务年年有很大的纯利。自从‘一二八’股本打了折扣，到现在已经复了几回股。这是最稳妥的财产，除了实在没办法，谁也不肯卖掉它的。像你，三百块钱一个月，不过扣你几项捐款罢了，钱是按月到手。难道也算实在没办法吗?为什么要卖掉商务的股票?”

“老先生，”应君满含一口饭，咽了一下，故意做出抑扬的声调说，“你想不透吗?我可完全明白，同老胡自己所想的一样。他要到云南去，盘缠，不是不能少的吗?在那里谁知道要住下几年，经常的费用，不是一笔不小的数目吗?因此他想卖掉商务的股票。老胡，我揣得对不对?”

“是这个意思吗?”季勉微笑地望着胡君的脸。

不知道为什么这几句问话倒使胡君感到了愧窘，他避开了季勉和应君的目光，抬起头来，鉴赏家似地望着那幅黄宾虹的《黄山纪游图》，同时有意无意地说："那里！那里！我有别的用场。"说罢重又剔牙齿，一只左手遮在嘴唇边。

正在静默的当儿，季勉夫人出来了。她对我们道歉，说只弄得一点素菜，又没有什么好吃的。她看见那"灵媒"吃罢了饭仍旧坐在靠窗的角落里，取一只香蕉给他，教他不要客气，随手剥来吃。她的神情显得有点不安定，一会儿给宛宛换上一盏热茶，一会儿点起三支香插在香炉里，一会儿瞪视着宛宛的相片，嘴里喃喃地念着什么。

季勉见她这样，体贴地说："你大概等得心焦了？好，我们立刻吃完了饭，马上请胡'作法'。"说罢，他很快地划着余饭。

应君和我依着号令，也就加增吞咽的速率。

这使季勉夫人更加抱歉了，她用并不严重的口气责怪季勉说："有谁像你这样招待客人的！"回头来对应君和我说："你们尽可慢慢地吃。在我们这里作客人，好菜没有得吃，饭总得吃饱。请你们再添一点。"

吃饭的场面收拾过后，大家喝了一杯茶。宛宛面前的蜡烛点起来了，两个小火焰跳呀跳地。"灵媒"移坐到烛台旁边，他的右臂搁在桌子上，贴近那一碟枇杷。胡君站在桌子前面，仿佛在馆子里预备付账的模样，左手扯开西服的左襟，右手伸到反面的袋子里去掏摸些什么。

我们几个散坐在靠墙的几把椅子里。季勉夫人拣中了左边上首的一把，大概为的这位置和“灵媒”最为接近。

胡君掏摸出来的是一张黄纸，小六开本那么大小。他的脸色立刻变得很庄严，必恭必敬地把那黄纸举过了头顶。同时他的嘴像金鱼嘴一般翕张着。大约历三四分钟光景，黄纸才降到他的胸前。他的右手早已扭成生姜似的形状，只伸出了中指，好比姜芽。就用这姜芽作为笔，墨水也不蘸，在黄纸上一阵地挥动。

“敕！……敕！……敕！”宛如深夜的猫头鹰叫，完全不像他平时的声音。

于是又对着那并没有画上什么的黄纸默念着什么。他的嘴只是那么翕张着，平匀而快速，仿佛不用透气似地。

我大概也有点酒意了，眼前一阵蒙眬，好像他穿着一件道士的“羽衣”。我觉得诧异，眼光移到应君那方面。只见应君正用三个指头按摩他那脉管暴起的前额，眼睛一开一闭地，似乎头痛得利害。

季勉是昂起了头抽香烟，像个文学家正在打腹稿。

一道光耀把我引回头去。黄纸给烧掉了，纸灰落在香炉里。

胡君这才靠右坐下，和季勉夫人相对。

“你看吧！”他吩咐那“灵媒”。“要看得真切！看见什么，告诉我们。”

“灵媒”听得吩咐，偏转一点身子，开始瞪视那浮起青烟来的香头。

十五六分钟的静默。

“看见吗？”胡君殷勤地问。

“没有。”

又是十五六分钟的静默。

“看见吗？”

“看见了。”

“怎样的一副相貌？”

“一个白胡须老人。”

“一个白胡须老人？”胡君略微有点生气，两手拍着大腿。“我教你看得真切，怎么可以随便乱说！我问你，同这照片上相像吗？”他指着宛宛的相片。

“灵媒”抬头看了看相片，重又瞪视香头，木然说：“是一个小姐。”

“看真切吗？”

“是一个小姐。”

“来了！”胡君向季勉夫人示意，舒了一口气，又说：“师母有什么话，可以教他传达。”

季勉夫人欢喜中混和着悲哀，勉强做着笑脸，但泪水留不住，已经淌了下来。她效学“灵媒”的样看着袅起青烟的香头，凄然说：“宛宛，你来了吗？你叫我一声！你叫你妈妈一声！”

“她叫吗？”胡君问他的“灵媒”。

“她叫了。她在叫妈妈。”

“啊，宛宛，我好久好久不听你叫我了！”季勉夫人不禁呜咽起来，手帕按在鼻子上。“刚才请了你许久时候才来，你在那里？”

“她说刚才出去了，回到家里得了信，马上就来的。”

“宛宛，你现在住得还好吗？”

“她说还好，不过冷静一点。”

“我也知道你冷静，只是没有法子呀！你生前欢喜看书，把那些书烧化给你，让你解解闷，你说好不好？”

“她说好的。”

“宛宛，你那双鞋子不嫌紧吗？”

“她说嫌紧的，走一步，痛一痛。”

“那时候太匆忙了，”季勉夫人万分抱歉地说，“没有把尺寸量准。直到给你穿上，才知道嫌紧了，可是已经来不及重做。现在给你重做一双宽大的换上，行吗？”

“她说不行，下棺材时候穿的一双，要永远穿下去的。”

“这样吗？那是我苦了你了！”泪水又淌了下来。“你叫了你爸爸吗？”

“她说叫了。”

“这三位先生都是你从小看见的，现在还认识他们吗？”

没有回答。停了两三分钟工夫，“灵媒”的眼光从香头移下来，直望着通到外面的门，幽幽地说：“她去了。”

“怎么就去了呢！”季勉夫人几乎放声哭了，站了起来向门外凝望。“只说得三五句话，有许多要紧事情还没有问你，怎么就去了呢！我的宛宛！”

“吁！”季勉深长地叹了一声气，劝慰他的夫人说：“去了也没有法子了。下一回胡到上海来的时候，再可以请他把宛宛招来的。”

“不错，”胡君接上说。“下一回再来招请好了。今天幸而她回家得早，如果她不就回家，我们此刻还在等待呢。”

“胡先生，你什么时候再到上海来？”季勉夫人的泪眼闪耀着希望的光。

“大概七月底八月初吧。”

“那末，还有一个多月呢。”

胡君带同“灵媒”走了之后，应君第一个开口说：“看了一出毫无意趣的鬼把戏！老胡会变到这个样子，我做梦也想不到！”

“不要这样说，他的神通是灵验的，”季勉夫人替胡君辩护。“你们想，招来的若不是宛宛自己，怎么会知道鞋子嫌紧，走一步，痛一痛呢？”

“你的问话先自告诉那孩子了，”季勉忍不住，给她点醒一下。

“我何尝告诉那孩子呢？胡先生又不是走江湖的，他不要我们一个钱，若不是真有神通，何必编一回把戏来骗我们？所以，我是相信他的！——啊，宛宛，你难得回来，为什么匆匆就去了呢？”

英文教授

一

院长分配给董无垢的是西洋哲学，心理学，论理学这些科目。这些科目还没有人担任下来。由一位哈佛的哲学硕士去担任，院长以为再适宜也没有的了。

但是董无垢劈口就回绝，“我不能够担任这几个科目。”

“为什么?”院长仿佛听到了惊人的言语，眼睛睁得很大，牙齿咬住了下唇皮。

“为的我不懂得这几个科目。”他咳了声嗽，又修正地说：“说得确切一点，我不适宜教这几个科目。在八九年以前，我是教过这些的。可是，现在，我的认识转变了。我觉得这些学问好比照在池塘上的月光，印在墙上的花木的影子，看看固然教人眼花撩乱，实际却空无所有。院长先生，你大概知道我是皈依了佛法的吧?”

院长确然知道这一层。当校长把董无垢的名字交代下来的时候，曾经说：“他是我的老朋友，也是一位最热心最认真的教授，可惜他近年来信奉了佛法，吃素，每天念佛，竟像一个迷信很深的老太婆。”

“知道的。”院长用手掌在脸上擦了一周，又说：“还是像八九年以前那样教教这些科目，不行吗？”

“不行，”董无垢坚决地回答，宛如办理一桩关系重大的交涉。“我不能够站到讲台上，滔滔不绝地专说一些违心之论。我不能够抛开了课程的规定，不顾一切地尽量发挥自己的意见。我并且知道，我的意见和现在的教育旨趣是不相容的。所以，我希望我所教的功课不要触着思想这方面。”

“那末……”院长不再说下去，把疑问的语句藏在两道锋利的眼光里，仿佛说：“那末不要当什么教授岂不很好吗？”

“如果容许我拣选的话，我愿意教一点英文。”

“英文，英文，”院长嘴里念着，心头在那里盘算。班次，钟点，薪水数目，担任教师，这几个项目像机器上的齿轮一般，辘辘地转动着，答复的话语就产生出来了。

“英文也可以。不过只有一班一年级了。每星期四点钟，每点钟四块钱，一个月只有六十四块钱呢。”

“够了，够了，”董无垢满足地说。“而且我最欢喜从一年级教起。”

“好像太那个了，”对于校长的老朋友仅仅分配一班英文，院长觉得非常之抱歉。

“没有关系，”英文教授用恳挚的声调安慰那院长。“不过我还有一个小要求，请不要把我的功课排在上午十点以前。因为十点以前我有自己的功课。”

开学以后，这位英文教授就搬到蜂房似的大学里去住。他选中一间最僻静的房间，在校园的东北角，隔壁是植物标本储藏室。除了一年级的学生，一个职司打扫的校工，一个给他送素菜的厨役，谁也不会意识到他的存在。他的房门老是关得紧紧地，只有一棵冬青树从玻璃窗间窥看他，熟悉他在房间里的生活。

每天上午八点半，他自己的功课开始了。

西墙下的桌子上，香炉里烧着檀香，乳白色的烟缕时而屈曲时而笔直地升了起来。一个棕制的圆拜垫放在桌子前面。他先是凝着神，合着掌，嘴里念着什么。那是无声的念，只有他意念中的耳朵才听得见。然后拜下去，整个身体像青蛙一般伏在圆拜垫上，所不同的只是他并不抬起了头。他的动作非常熟练，犹如一个从小受了戒的和尚。这样拜伏了几回之后，他移过圆拜垫，让一把椅子占据那位置。于是他坐下来，脸还是朝西，默念着那些念得烂熟了的辞句。

这当儿他沈入一种麻醉似的境界。从运动场送来的呼喊声音，从学生宿舍传出的歌唱，弦乐，以及男女的欢笑，从围墙外面一阵阵滚过的汽车的喘息，他都听而不闻。他只用意念中的耳朵听着自己默念的辞句。同时他忘记了学校，忘记了课程，忘记了延长到三年多的失业，忘记了母亲和妻子的逝世，一句话，他简直忘记了自己和世界。他动员了所有职司思维的神经细胞来建造《阿弥陀经》所说的国土："有七宝池，八功德水充满其中。池底纯以金沙布地。四边阶道，金银琉璃玻璃合成。上有楼阁，亦以金银琉璃玻璃砗磲赤珠码磠而严饰之。池中莲华大如车轮，青色青光，黄色黄光，赤色赤光，白色白光，微妙香洁。……"渐渐地，他意念中的眼睛仿佛看见这样的国土涌现了，不过有点模糊，像开映得太久了的电影片。于是他更益凝神，希望这国土显得十分鲜明，比得上初次开映的"考贝"。

大约经过一点钟光景，他自己有数，把那些无声的辞句念完了，这才站起来。移过椅子，换上圆拜垫，又像开头一样拜伏。轻快地虔敬地扑上去，前额触着拜垫的边缘。这样拜下又站起，站起又拜下，连续了好几回，他自己的功课才算完毕。于是他带着快适的笑容，回到人间的国土。

对于教英文，他反对时下流行的所谓直接教授。他说："我们读英文，注重在理解，注重在看得懂英文的书。一句英国话，意思和情调跟怎样一句中国话相当，这是最要弄清楚的。要弄清楚这些，只有磨细了心思去查字典，去读文法。工夫用得深，自然不愁不理解。那直接教授，有什么道理呢！初中学生跑进英文教室，就听不见一句中国话，只见教师指着门说 door，指着书本说 book，指着他自己的鼻子说 I。他们以为这就是‘置之庄岳之间’的办法，成绩一定可观。那里知道中国孩子到底不是英国孩子，他们跑出英文教室，说的听的依然句句是中国话。这只是‘一暴十寒’的办法罢了，对于理解的工夫却完全抛荒。所以教授方法越新鲜，学生程度越不堪。并且，中国人说英国话，即使说得和英国人丝毫无二，又有什么用处？去做‘刚白度’，去当外交官，当然是用得着的。然而我们并不需要这么多的‘刚白度’和外交官！”

当第一回上课的时候，他把这些意思向一年级生宣告了，接上说：“我不预备在教室里说上一大篇的英国话，教你们听得糊里糊涂，似懂非懂。我要教你们认认真真地读书，教你们澈底地用你们的脑子去理解。为求毫无障碍起见，我愿意用中国话给你们解释。”

大学生对于用什么话解释本来没有成见，何况中国话听起来到底比英国话顺耳，也就不声不响，算是默认了他的主张。他们觉得发生兴味的并不在此，而在这位英文教授的打扮。头发修得短短地，是“和尚头”，不是“圆顶”，太阳穴的部分错杂着一簇一簇的白发。身上穿一件灰布大褂，尺寸和身材不相称，前胸后背以及胛支窝下都有很大的折皱，又太短了，把裤管露出了两三寸。鞋是布制的，黑布面，蓝布底，沾上了灰尘，像一个店司所穿的鞋。这样打扮完全不像一位英文教授。他们以为英文教授该有一个油光光的西式头，该有一身熨得笔挺的西服，至少至少，也得穿一双五块钱六块钱的皮鞋。

为了交练习簿和询问书上的疑难，学生发见了这位英文教授房间里的香气。闻到这香气，仿佛觉得身在寺院里，不然就是走进了觉林功德林一类的素菜馆。后来他们又注意到他的不参加任何集会以及终日把房门关上。他在房间里做些什么呢？

一天早上，一个好事的学生伴着那棵冬青树窥看他的私生活。啊，圆圆的头颅，半闭的眼睛，只见翕张不出声音的嘴巴，一个指头对着一个指头合拢来的手掌，宽大的灰布大褂，徐徐上升的香炉里的烟缕，简直是一个和尚！这个学生藏不住他的新奇发见，不到几天工夫，连别级的学生都知道了：一年级的姓董的英文教授简直是一个和尚。

上英文课的时候，黑板上渐渐有歪斜的“和尚”字样出现，或者用漫画的笔法，粗大的一条弧线钩勒成一个和尚头，在这中央夸张地画着三行的香疤。英文教授看到了只是笑一笑，一壁用粉刷揩去这些并无恶意的讽刺字画，一壁和平地说：“我教你们英文，你们只要问教得你们得益不得益，不用问什么和尚不和尚。况且我并不是和尚，你们看，我身上不穿什么僧衣，头顶上也没有你们所画的香疤。”

这个话引得学生轻松地笑了。

“先生念的什么经呢？《心经》？还是《金刚经》？”

“翻开你们的书吧。我们不应该浪费时间谈到功课以外的事情。”

有几个知道一点佛学名词的学生，为了好奇，在功课以外的时间到他房间里去访问。他给他们每人斟一杯茶，殷勤地接待着。

“先生修的是净土吧？”

“不错，是净土。”

“净土也是一种乌托邦，它给与人精神上的安慰。这个说法，先生以为对不对？”

“这叫做唯心净土，我们所不取。我们相信极乐国土真实存在，修行的结果真实能够往生彼土。”

“什么动机使先生发生这个信仰呢？”

“这个问题教我难以回答，因为它太复杂了。可是未尝不能够简单地回答。现在心理学里不是有所谓本能吗？人人都有发生这个信仰的本能，我不过顺着本能而行罢了。”

“照这样说，我们也有这样本能的了，为什么我们不发生这个信仰呢？”

“那是‘缘’还没有到。‘缘’到了的时候，你们就发生了这个信仰了。”

“印光法师，”另一个学生接着问，“大概先生知道的吧？”

“他是最可尊敬的一位大师，光明无比的指导者！”

“我们看过他的《文钞》。”

“你们也看过印光法师的《文钞》，难得！难得！”

“在他的《文钞》里，文章实在不少，可是似乎只说了一件事情，就是教人家怎样地死。临命终时，这个心不可散乱，要好好地念佛哩，送终的人要诚心帮助念佛，见者断气也不可放声啼哭哩，翻来覆去，无非这些意思。我们觉得除了年力衰老的人，谁也不会想到死的。而他专心教人准备一个死。这不免使我们诧异。”

“也不只印光法师一个人这样说，许多古德都是这样教人的。你们要知道，死是一个最紧要的关口，如果走错了路头，永远不得超升。所以不能不在生前准备，以免临时失措。你们要知道，有两句最警切的话，叫做‘人身难得，佛法难闻！’”

这个回答使发问的不甚了了。那学生正在斟酌继续下去的问话，第三个学生抢着机会先开口了。

“先生对于杀生，想来是戒除的吧？”

英文教授点头。

“是绝对的戒除吗?”

“可以说绝对的戒除。”

“一个苍蝇，一个蚊虫，也不肯弄死吗?”

“苍蝇和蚊虫也是生命，怎么可以把它们弄死!”

“但是苍蝇会带来虎列拉，蚊虫会带来疟疾，我们不去扑灭它们，它们反而要扑灭我们了。”

“我们可以把吃的东西保藏得周妥一点。我们可以挥着扇子，请它们不要和我们接触。到了晚上，我们睡在蚊帐里，疟疾的忧虑也就可以解除了。”

“照先生的说法，我们并不能绝对安全。在有些地方，我们是防护不到的。或者没有力量防护，譬如说，人穷，用不起蚊帐。对于加害广大的生命的东西，我们以为必须扑灭得干干净净。惟有这样才是最深的慈悲。”

“你们这样想吗?”

“甚至血肉横飞的战争，我们以为有时也是无比的慈悲行径。那些贪鄙的野心家，那些残酷的魔王，要吸人家的血液滋养他们的身体，要用人家的骨头填充他们的屋基，对于他们，我们也讲戒杀吗?他们就来得正好，我们客气，他们福气，他们是志得意满了，然而我们的血液和骨头都成了牺牲。这惟有给他们一个厉害的惩罚，一个无情的抗争。直到把他们扑灭得干干净净，世界上开始有了安全的日子，广大的生命才得欣欣向荣，像春天原野上的花草。先生，你说这种行径不是最深的慈悲吗?”

“在从前我也这样想过的,”英文教授仰望着屋角,他沈入了回忆里头。

“我们常常想,一个笃信戒杀的人应该是最坚强地反抗强暴的人。因为强暴所表现的是各式各样的残杀,不反抗强暴,就无从贯澈他的戒杀的信念。”

“现在可不作这样想了,”英文教授自顾自说。

“为什么?”

“‘以眼还眼,以牙还牙,’这样‘还’下去是没有了局的呀。”

“先生,我们倒要听听先生对于我们那强盗似的邻舍的感想。他侵占我们的土地,残杀我们的同胞,我们现在还算有着命的,而他的欲望简直要吸干我们最后的一滴血!对于他,先生也像许多人一样,觉得非常之愤恨,非给他一个无情的抗争,同他拼一个你死我活不可吗?”

“不。”

“不?”发问的不胜诧异。“怎么能不呢?”

“我只是可怜他。他的孽太重了。如果我们以杀抗杀,那就是自己造孽,岂不同他一样地可怜?”

“原来你也是一个阿Q呀!”发问的把这句话截留在喉咙口没有说出来,只是望着那圆圆的头颅发楞。

好奇的探试是没有“再来一回”的兴味的。这几个学生辞了出来，以后就不再去访问这位英文教授。别的学生连佛学名词都不知道，当然引不起什么好奇心。黑板上的并无恶意的讽刺字画似乎涂得厌了，渐渐地绝了迹。大家对于和尚不和尚差不多完全忘怀。只有那棵冬青树还像先前一样，耸起了高高的身子，从玻璃窗间窥看这位英文教授的私生活。

他蜷伏在大学的一个角落里像地板底下的老鼠，人只见地板，不知道底下躲着老鼠。

二

董无垢刚从外国回来的时候，和现在的董无垢竟像是两个人。那时候他年轻，无垢走到那里，人家总觉得他带来一股青春的光辉。西服笔挺，应合着时行和时令。一头头发，销磨半点二十分钟不在乎，总之要教它成为一件惬心贵当的艺术品，能以参加美容术的赛会。他在大学教课，本着他的素习，预备绝不马虎，讲解非常认真。“懂了吗？不明白尽管问。我可以针对着不明白的处所给你们解释。”这样的话几乎每一课要说几遍。他不像那些出门不认货的大学教授，他愿意把自己所知道的移植到学生的头脑里，让它深深地生着根。逢到周末，他坐了三点钟的火车回家去看他的母亲。他爱他的母亲像一个小孩子，依贴在她身边，望着她的笑脸，谈一些无关紧要的家常话，吃一点精致的点心和饭菜，觉得这个世界美满极了。多年的出洋留学，只有看不见母亲教他受了许多苦楚，因而周末的回家给他最大的快乐，决不肯偶然放弃一回。他的母亲是念佛的，每天早上点上三炷香，做半点钟的功课。他当然觉得好笑，对着一个虚幻的观念，锲而不舍地倾注着虔诚，算什么呢？然而他绝不让这个意思在脸色上表示出来。既然老人家乐此不疲，他就帮助她移正椅子，或者点起香来。

他有一些嗜好。抽香烟不用中国货，因为质地太坏，有碍卫生。喝酒却欢喜中国的花雕，兴致好的时候，两斤还不醉。他又常常和一班年龄相仿的朋友上新世界大世界这些地方去。那时候跳舞场还没有流行，要看女人，这些地方顶方便。他看女人注重在屁股，他说丰满的屁股是女性的象征，那些平塌塌的简直可以说没有屁股，也就没有女性可言。朋友们说他这种说法是“屁股哲学”，大家传为笑柄。

虽然欢喜看女人，他可不曾做过放浪的事情。他懂得卫生，知道放浪的结果不免要去请教某一科的专门医生。他需要一个如意的女子，和他共同生活，做他的“另外的半个”。他规定了一些条件，除了“女性的象征”以外，脸蛋须是圆圆的，知识程度要能够同他谈谈哲学上的问题，还有其他的四五项。依据了这些条件随处留心，他只觉得女子太多而合格的太少，少到一个都没有。朋友们自告奋勇地说：“我给你作媒。”但是听了他的条件之后马上摇头，连声说："难，难，难。"

由一个朋友介绍，他认识了一家人家。那人家有一位小姐，脸蛋是瘦长的，"女性的象征"若有若无，知识程度是看《玉梨魂》还不能十分了了，总之完全不合格。他当然毫不在意，既经朋友介绍，就看作疏远的亲戚家一样，隔两三个星期去访问一次。但是那位小姐的母亲款待他非常之殷勤。他来了，特地弄起菜来，知道他喝酒，为他打了上好的花雕，并且关心到他的寒暖，问他可需要什么。体贴入微，俨然一位丈母。那小姐呢，见了他就像一个顽皮的孩子，偎依着他，要他讲外国的风景和习俗，大学里一切琐屑而有趣的事情……什么都好，只要是他嘴里漏出来的她总爱听。她常常不让他走，他帽子拿在手里了，还要想出题目来绊住他，拖延一个半个钟头。他这才感到有点尴尬，自己心里盘算，往后还是不去为妙。然而消息传来，那小姐已经有了表示，若不嫁他为妻，宁可当一辈子的老姑娘，不然就是自杀。他听了十二分踌躇，甚至破例地缺了两天的课，来研究牺牲自己还是牺牲那位小姐的问题。"牺牲了别人满足自己，这样的人太自私了，我情愿牺牲自己！"当第一道晨光踅进窗子来的时候，他决定了。决定之后，事情就非常简单。母亲方面只要儿子乐意，无不竭诚赞同。委了一位媒人到那人家去说合，那人家欢天喜地，惟命是从。初春的某一天，一品香张起了盛大的婚宴，他开始得到了“另外的半个”。

假想往往和事实不符。他本来准备着牺牲，可是结婚之后，他只觉得尝到了许多的欢乐。牺牲了什么呢？实在指说不出。新娘的娇羞是有味的。像丈母一样弄了酒菜供他享用也有味。乃至唱一些闺中熟习的弹词小曲，绣一些枕头或者台布上的小花样，他在一旁听着看着，也觉得有无比的甜美，为意料所不及。

逢到周末，他还是坐了三点钟的火车去看母亲，有时是夫妇两个同去，有时他一个人去。在大学教课还是那样认真。新世界大世界这些地方还是要去，然而并不妨碍他对于新娘的怜惜。平静的满足的生活继续下去，宛如一道流动不息的小溪：他自己这么想，人家也代他这么想。

像火山的爆发，五卅事件突然发生了。

外国巡捕向徒手的群众开枪。死尸横七竖八躺在最繁华的南京路上。血淋淋的受伤的做了囚车里的囚徒。从抛球场到跑马厅一带成为阴森森的刀光枪影的区域。

这一天天气有点闷热。他从大学回来，正在庭心里透透气，看看新近出土的牵牛花的子叶，忽然那个在一家书局里当职员的邻舍从矮花墙外喊住他，告诉他这个惊天动地的消息。

“有这样的事情！有这样的事情！”他连声喊着，跑进室中立即坐下，拿起钢笔来给一家英文报馆写一封通信。他根据了“人道”和“公理”来讲，他说这种残杀太违背人道了，太没有公理了，一个文明人不能不提出严重的抗议。

第二天看报纸，这封通信没有登出来。

第三天也没有登出来。却看见了全市罢市罢工罢课的消息。这使他异常兴奋，笔头上的抗议都不让露脸，应该给他一个更严重的行动上的抗议。群众的力量多么强大啊，眼见上海市就要表现出一个空前的英勇姿态！

大学里罢了课，师生聚集在一起开会。除了怎样和各学校各界取得联络外，又讨论到怎样支持罢工的问题。

“最要紧的是维持罢工工人的生活！”激昂的声音从大会堂的左南角播散开来。“我提议：我们教职员先捐一个月的全薪，以后看情形，再商量怎么捐法。各位同学呢，大家量力而行，能捐多少就捐多少。”

“好！赞成！赞成！好！好！”喊声和拍掌声几乎把大会堂的屋顶都掀了起来。

大家回头向左南角，只见站起在那里的，眼睛里含着激动的泪，举过了头顶的手掌还没有放下，他是董无垢教授。

虽然有一些教职员不满意他的提议，但是只能在私室里头对着见解相同的人谈谈，若在大庭广众间，还得违心地说：“董先生的提议最是扼要，大家能够这样干，就是三年五年的罢工也支持得下。”因为这样，他被推为学校的代表，去和他校以及各界的代表合力工作，共同推进这个伟大的运动。

他在编辑股里工作。编辑股编印一些小册子，有中文的，有外国文的，把惨案的真相详尽地记载着，还加上简要的阐明，惨案的原因是什么，要怎样才能保障以后不再有同样的惨案发生。此外又出版一份小型的日报，把最近的事态以及运动的路向宣布出去，俨然成为全上海民众公共的喉舌。有一天，他给这份日报写一篇短论，一口气写下去非常顺利，到末了，他怀着一种尝尝新鲜滋味的心情，第一回使用了“打倒帝国主义”的语句。

“这里不能使用这样的语句!”另一个编辑员，一个国家主义者，看见了这篇短论的校样，捉到一条刺毛虫似地嚷起来。

“为什么不能使用这样的语句?”执笔的董无垢惊慌地问，以为他发见了理论上的错误或者语文上的毛病。

“你说‘打倒帝国主义’。那里有什么帝国主义? 这只是共产党的胡说八道! 我们又不是共产党，为什么要效学他们的口头禅?”

“没有帝国主义吗?”董无垢的额角暴起了青筋，郁结的声音带点颤抖。“老先生，没有帝国主义，也就没有五卅惨案了。它表演活生生的一幕给你看，你一眼不眨地看了，倒说并没有它，我佩服你的宽大的度量!”

“怎么?”另一个编辑员感到受了侮辱，站起来，卷起他那纺绸短衫的袖管。

“至于你说这是什么党的胡说八道，我可不能同意！你不是闭着眼睛的，许多的刊物上印着这一句话，全上海路旁里口的标语上写着这一句话，你都没有看见吗？难道他们全是盲目的家伙，全是学嘴学舌的鹦鹉？”

“我不同你辩论，总之，在我们这份报纸上，不能印上这一句话！”一壁说着，一壁用拳头敲着桌子。

“非用这一句话不可！”董无垢也站起来，用拳头敲着桌子，敲得比那个人更响。“我署我自己的名字，我负责任！”

暂时的沈默。

其他三四个编辑员知道将有一场打架在这屋子里表演了。他们不要看这种乏味的表演，一致站在董无垢这方面说话。“我们以为董先生的文章没有错儿。打倒帝国主义，非但嘴里要说，笔头要写，还得用行动去实现它呢！”

“好！”那个人有点窘，但眼睛睁得更大了，宛如魁星。“你们既是一伙儿，我就辞职，我再不问编辑股的事情！”这样说着，他披上长衫愤愤地走了。

胜利属于董无垢，使他起了穷究奥妙的欲望。他搜集许多流行的关于政治经济的书籍杂志来看，仿佛走进了应接不暇的名胜区域，每跨一步总要点头叫绝，赞叹地说“生平初见”。五卅运动因为联合阵线的分化，渐渐成为强弩之末，他固然非常之愤慨。但他以为这本是一个长期的斗争，一下子就会有多大的成功，未免太廉价了，一个努力的人不应该想望这样的廉价。因此他毫不灰心。由那个当书局职员的邻舍的介绍，他加入了当时还不能公开的一个政治团体。

他把自己的客室作为所属的那个区分部的会场。每逢会期，他提早吃晚饭。一会儿赴会的从前门或者从后门来了，其中有工人，有商店公司的职员，有小学教师，也有和他同行的大学教授。他接待他们胜似亲兄弟，亲兄弟不过由自然支配，会合在一起罢了，而聚集在这里的却是意志相同的伙伴。他一个一个同他们握手，紧紧地，殷勤恳挚地，使有几个工人觉得不好意思，一时间手足无所措。

周末还是坐了三点钟的火车回去看母亲。香烟还是抽，不过换了中国货，他说“美丽牌”也还可以。酒是难得喝了，新世界大世界这些地方竟绝迹不去，他说一个人没有这么许多闲工夫。闺房之乐也比从前少领略一点。他的夫人问他：“你近来常是忙忙碌碌地，看书哩，看人哩，开会哩，到底为的什么?”他亲爱地回答说：“你不懂得的，不用问吧。总之你丈夫干的决不是坏事情，我的好人儿呀!”

他痛恨那些镇守上海的军阀的爪牙，不亚于帝国主义。大刀队哩，侦缉队哩，把人命当儿戏的事情，几乎每月每星期都有。如果不凑巧，他被抓去尝尝刀片或者枪弹的滋味，也不足为奇。但是他并不胆怯，他相信若是大家胆怯的话，这班残酷的禽兽将永远没有在世界上消灭的一天。恨着他们必须和他们拼，必须迎头冲上去。

他欣羡极了革命发源地的广州，只恨自己离不开上海，不然总得跑去看一趟。谁动身到那边去了，他热烈地欢送着，轮船开行了几百丈远，他还是挥动着帽子。谁从那边回来了，他的欢迎更为热烈，热烈之中又带着虔敬，好比佛教信徒对于一个朝山进香回来的同伴。听说那边民众怎样地兴奋，军官怎样地受着训练，他简直五体投地，相信“新中国”必然会花一样地开出来，因为那边埋着的种子已经生了根，发了芽。甚至那非常单调的“打倒列强”的歌儿，他也说它活泼，雄壮，足以激动人的革命情绪。

北伐军出发了，他的心神依着军队的路线在地图上活跃。一路民众欢欣鼓舞的情形，和军队像一家人那样的热烈真挚的表示，他读到报纸上关于这些的记载，总觉得许多同胞太可爱了，也太可敬了。在武汉，革命外交竟然成功，更使他兴奋到了极点。至少帝国主义伸到中国来的根枝已经动摇了，大家再加努力，不愁不能把它掘起来。

他看见了最近的将来的景象：被压迫的许多许多人都站了起来，从千斤重的石头底下，从胳膊粗的铁炼底下。大家抬起了头，挺起了胸膛，在从未呼吸过的自由空气中呼吸着。快活的歌声海潮一般涌起来，唱了一曲又是一曲。再不见一个蓬首垢面的囚徒似的人物。个个康健，结实，乐观，精进，做着分内的工作，取得分内的享受。

他仿佛坐着急行的火车，这景象犹如迎面驶来的前途的山河树林，越来越近，越来越近，眼见得没有多久自己就将冲进这景象中去了。因为军事势力不久就要来到上海，同其他地方一样很快地取得胜利，那是没有问题的事情。

为着防备军阀爪牙的临危乱噬，上海的一部分加盟员也准备了武装，以便和军事势力响应。枪械和子弹须得保藏在妥适的处所。有人说，董无垢家里最是妥适不过了，类似小洋房的屋子，陈设相当体面，而且谁都知道，屋主人是一位大学教授，放在他那里，比藏在保险库里还要安全，没有人疑心。董无垢说："好，放在我家里就是了！"于是牺牲了三张沙发，让他们把那些危险东西塞在弹簧和麻丝中间。

一天早上，藏东西的跑来取东西了，一个个起劲非常，眉梢眼角飞扬着英勇的神采。他自愧不会干这一套，只能殷勤叮咛地对他们致着珍重。他的心跳动得异常利害，不为害怕，却为过度的高兴。一个全新的场面立刻要展开来了，他不能不高兴，他有着并不输于他们的热情。

本来只能遮遮掩掩张在屋子里的那面旗子，在大建筑的屋顶，在街市的店铺门前，堂而皇之挂起来了。上海的阳光照耀着它们，上海的风吹拂着它们，飘飘扬扬，显出说不尽的美丽可爱姿态。

这以后若干天，董无垢宛如掉在一个热闹而多变化的梦里。他挤在汗臭满身的人群中间，参加了好些个盛大的集会。他跑遍租界的各处，观察了帝国主义爪牙的色厉内荏的窘态。他巡行沪西沪北以及浦西的工业区域，领略了那些准备站起来的男女的狂热情形。他破例地向母亲请了假，有两个周末没有坐了三点钟的火车回去看她。

忽然青天里起了霹雳，他听说游行的群众遭到了射击，死伤的比五卅惨案还要多，还要惨，地点并不在帝国主义统治着的租界，而在飘扬着那面新旗子的中国地界。

“不能有这样的事情！不能有这样的事情！”他失了魂似地连声嚷着，立即跑到出事的地点去作实地调查。

事情并不假。武装兵士布了岗位，不许行人在马路中间来往。行人只能从人行道上匆匆走过，停下步子就得受干涉。马路中间像暴风刚才吹过一样，寂静，凄凉。尸体躺在那里，显出无比的丑恶姿态，猪肝色的血凝积在他们身边，教人不敢看。也不知道一共有几个。

贴近他所走的人行道躺着一个，他给了他比较仔细的一瞥。肚肠从腰间淌了出来，青布短衫给打破了，血肉模糊中伸出几根断了的肋骨，眼睛半开半闭，嘴张开着，露出两排惨白的牙齿。他认识这个尸体，这一天早上跑来取东西的一些人中间，他是顶起劲的一个。

突然间他把眼睛闭得紧紧，急急地跑了二十来步才再张开来。他的头脑仿佛给一股铁索绞了一下，只觉什么也想不清楚。全新的场面原来这样吗？以前预想的景象岂不是一个荒唐的梦？应分站起来的不得站起来，应分打倒的怎么能打倒？那些尸体生前即使是神仙，又何尝会料到将要横倒在这样的射击之下？……他糊里糊涂想着这些，跑到家里就躺在床上。他的夫人问他怎样不舒服，是不是要生病了。他颓然说："我难过得很，可是描摹不来。病是不会生的，不过比生病还凶！"

他也想同五卅惨案那时候一样，给报纸写一封通信，提出严重的抗议。然而他奇怪自己，无论如何提不起这一股勇气来，想想那枝笔，似乎有石担那么重。

第二天，他看报纸，看见了一大批未死的罪人的名字。

他跑出去，无目的地跨上一辆电车，也没有看清楚是第几路。在那电车的角落里，泰然坐着一个淡灰纺绸长衫的青年人，使他大大地吃了一惊。他挨过去，坐在那青年的身旁，关切地低低地问："怎么你还在坐电车?”

“我常常坐电车,”一副满不在乎的神气。

“看见了今天的报纸吗?”

“看见了,”伴着一个平静的微笑。

“我诚意劝你,你应该当心一点。”

“谢谢你的诚意!”

下一天,报纸上登载一段新闻:华租界的警察巡捕包围一幢房屋,一个人从晒台上倒翻下来,落在后门外头,顿时咽了气。附载一幅访员特摄的死者的相片,摄得很清楚,一望而知就是昨天电车里遇见的那个青年。

“哎呦!”董无垢神经错乱地叫起来,用两只手按住了发青的脸孔。

三

他头脑里空空洞洞地,从前装过的许多东西,仿佛生了翅膀飞走得干干净净。他宛如从海船上掉到海里的孤客,海船早已飞快地往前去了,他生命固然还存在,但四围只见茫茫的大海,不知道该往那方面游去才有登岸的希望。他昏乱,他疲倦,他喝着多量的酒,可是昏乱和疲倦更见利害。他的夫人很替他忧愁,用种种的柔情密意给他抚慰,然而没有效果,也弄不清楚他的昏乱和疲倦究竟为着什么。他没有意兴往大学教课,这就请了假,带着夫人回到本乡去。

他在本乡不去看望亲戚朋友，他愿意在僻静的小巷里走走，或者在不像样的小茶馆里吃一碗茶。没有一个人认识他，没有一个人同他招呼，他以为这样比较安舒一点。可是这并不能填充他的空虚的心。在自己和人群之间筑起一道无形的墙，那不可堪的寂寞更使他感到心的空虚。

每天早上，老太太还是点上三炷香，做半点钟的功课。平和而沈静的声调展开一个神异的境界，仿佛一张软和的眠床，教他感觉舒服，几乎要入睡。看看母亲的神色，那样地安祥，那样地愉快，烦恼呀空虚呀这些讨厌的小虫子大概飞不进她的意识界吧。渐渐地，他癖好母亲的功课了，只觉陪着她半点钟是每天的快适，在这个当儿，他忘记了许许多多的事情，又似乎捉住了一些什么。

“也许有点儿道理吧，”这样的一念突然萌生，他就去访问一位父执。这位父执是卸任的教育厅长，对于佛学，据说有着很深的根柢。

他是抱着试探的态度去的。如果讲得中听，固然可以听进去，即使讲得不中听，随便听听也并不碍事。

“啊，难得，难得！”老先生捻着颔下的长须，笑迷迷地说。“这是生死大事，你居然想到来问老夫，有缘呀有缘！”

老先生一口气讲了一点多钟，讲得非常恳切。最后说："这并不是一种知识，并不是摆在口头，写在纸上，预备装点门面的东西。同儒家的修省工夫一样，必须身体力行才行。不然，你来问我是多事，我讲给你听也只是无谓的饶舌。"

"我从来没有受过这样深切的教训！"董无垢讷讷然说，眼睛里闪耀着望见了希望的光辉。在国内，在国外，听讲的回数计算不清，教师也遇见了不知多少，可是总没有这位老先生的讲说那样一句句深入人心，教人悦服。"这真把捉住生命的精微！以前我弄过一些哲学心理学，现在看起来，都只是浮泛的研究，好比肥皂泡，一触就破，没有核心，对于人毫无用处。您的教训才教人真实地受用！"

他屡次去亲近这位父执，从他那里请教修持的法门。回家时候带着一些经典，耐着性儿看下去，仿佛一片模糊，但又仿佛有点儿懂。终于在一个清爽的清晨，他露出孩子似的天真的笑脸，对他的母亲和夫人说："我也要像妈妈一样念佛了。"

"这是再好没有的事情，"母亲并不觉得惊奇。

他的夫人却非常骇怪，睁大了眼睛看着他，一句话也说不出来。她不明白什么原因把他转变到这样子，一个出洋留学生竟会相信念佛！

他检出一些恋爱小说以及裸体画片来，预备送给朋友，自己书室里是不应该保藏这类秽亵东西了。转念一想，这个办法不妥当，自己以为要不得的东西怎么可以送给别人呢？于是完全“付之一炬”，连霭理斯的一大部《性心理学》也不能幸免。

他开始戒酒，戒香烟。喝酒要特地陈设起场面来，场面没有陈设，自然喝不成酒。抽香烟的事情可太方便了，拿起一枝，划根火柴，这就成了。有许多次，他依着平时的习惯，伸手到桌子上面去开香烟罐。但随即想起桌子上没有香烟罐了，重又缩了回来。又有许多次，觉得无聊，很想买一罐来抽抽。但强制力随即管束自己说：“这一点小嗜好都戒不来，还说什么修持呢！”

当然他也开始戒荤。他的母亲虽然念佛，但并不吃长斋，他的夫人是爱鱼虾如命的，因此不能拒绝荤腥进门。他就定下折衷的办法：不是他家动手杀死的不妨进门。肉店早已杀了猪，肉是可以买的。市场上有着杀死了拔光了毛的鸡鸭，也可以买。鱼虾必须买死了的，因为是尸体而不是生命了。他夫人和用人通同作弊，常常买了活生生的鱼，在门外头弄死了然后拿进来。他自己呢，吃饭时候不免有把筷子插到荤菜碗里去的事情，省悟之后马上抽回，换了筷子再吃。但是不到十天工夫，他居然说闻到荤腥的气味就恶心了。于是老太太跟着他吃素，少奶奶间几天弄一两样荤。

他拒绝了丝织品的衣服，因为丝织品是牺牲了无量数小生命的成绩，不忍穿。毛织品也是生物身上取来的东西，虽然不须杀生，总觉得也有点儿不忍穿。皮鞋是不用说了，从动物身上剥下一张皮来是多么残酷的事情啊！在这样见地之下，西服就只好搁在衣箱里，布衣布鞋都是特制起来。谁骤然看见他，定会疑心他穿了素。他夫人对他全身相了一下，带着顽皮神情说："你不澈底！你不澈底！"他疑惑地相着自己的全身，问她说："怎么不澈底?"她从他衣袋里抽出一个皮夹子来，举得高高地说："这不是皮制的吗?"他就把这皮夹子楞在抽屉里，另用一方布手帕，包着皮夹子里的一切东西，带在身边。

他依着父执的指导，做功课时间比他母亲来得长。又特别严谨，脸孔一定要朝着西方，拜伏一定要遵守规定的格式。默默地念着那些辞句，他的心重又充实起来了。烦恼化成淡淡的影子，既而连淡淡的影子都消逝净尽，只感到无上的欢畅。于是他修持得更加虔诚，几乎把整个生命交付在这上边。

大学的当局有了变更，他没有接到下学期的聘书。这并不引起他的懊恼，那种肥皂泡似的功课本来就不想教了。他在一家书局里寻到了一个位置，看看稿子，修改一点外来的译件。依然带着夫人住上海。每星期六，赶下午五点的火车回本乡，星期日再出来。他没有过从很密的朋友。报纸不过偶而看看，好比看古代或是异国的故事，漠不关心。他又像三四年以前一样：平静的满足的生活继续下去，宛如一道流动不息的小溪。

一年以后，他母亲去世了。他当然伤心，可是并不太伤心。病榻上的老太太念着佛，他应用他所受的教养陪她念着佛，命令他夫人也念着佛。老太太咽气的时候，他不哭，也不露出一点悲怆的脸色，还是平静地念着佛。他知道老太太这一去决不堕入苦趣，她将往生到那个极乐国土。

“一二八”的炮火毁了他的寓所。停战以后跑回去看，什么也没有了，烧的烧了，烧剩的给人检去了。他夫人泪眼模糊地翻掘碎砖和焦炭，发见了一只白地青花的瓷杯子，是她平日喝茶用的。她捧着杯子开始号咷大哭。他给她解劝，说一切器用无非身外之物，犯不着这样依恋不舍。然而没有用，她还是号咷大哭。以后看见杯子就哭，渐渐引起了咳嗽的毛病。

那家书局也毁了，他失了业。

他不愁也不怨，过着艰窘的生活，看护着夫人的病体。那年霜降节将近，她支持不住了。他就教她念佛，自己也陪着她念佛。她渐渐地闭上了眼睛。他不哭，也不露出一点悲怆的脸色，还是平静地念着佛。他知道要去的总得要去，何况她所去的地方，他母亲也在那里，她将永远陪伴着她。

孤身无事的他正可以多做一些修持的工夫，所以他处之恬然。向亲戚家借贷一点，俭约的生活足够维持了，也就不再去竭力谋干什么。他差不多和这个世界脱离了关系，独自生活在另外一个世界中间。

直到最近，一个哈佛的同学接任了一所大学的校长，忽然想到了他，说："老董太困顿了，应该请他教一点功课。"

他才重理旧业，踏上了大学教室的讲台。

然而，他蜷伏在大学的一个角落里像地板底下的老鼠，人只见地板，不知道底下躲着老鼠。

图书在版编目（CIP）数据

四三集 / 叶圣陶著. —北京：中国国际广播出版社，2013.1
（良友文学丛书）
ISBN 978-7-5078-3526-7

Ⅰ. ①四… Ⅱ. ①叶… Ⅲ. ①短篇小说—小说集—中国—现代 Ⅳ. ①I246.7

中国版本图书馆CIP数据核字（2012）第265627号

四 三 集

著　　者	叶圣陶
责任编辑	张娟平　杜春梅
版式设计	国广设计室
责任校对	徐秀英
出版发行	中国国际广播出版社（83139469　83139489[传真]）
社　　址	北京复兴门外大街2号（国家广电总局内） 邮编：100866
网　　址	www.chirp.com.cn
经　　销	新华书店
印　　刷	环球印刷（北京）有限公司
开　　本	620×920　1/16
字　　数	135千字
印　　张	17
版　　次	2013 年 1 月　北京第一版
印　　次	2013 年 1 月　第一次印刷
书　　号	ISBN 978-7-5078-3526-7/I・399
定　　价	46.50元

CRI 中国国际广播出版社　欢迎关注本社新浪官方微博　官方网站 www.chirp.cn

版权所有
盗版必究

人文阅读与收藏·良友文学丛书

(1)	鲁　迅　编译	竖　琴
(2)	何家槐　著	暧　昧
(3)	巴　金　著	雨
(4)	鲁　迅　编译	一天的工作
(5)	张天翼　著	一　年
(6)	篷　子　著	剪影集
(7)	丁　玲　著	母　亲
(8)	老　舍　著	离　婚
(9)	施蛰存　著	善女人行品
(10)	沈从文　著	记丁玲
	沈从文　著	记丁玲续集
(11)	老　舍　著	赶　集
(12)	陈　铨　著	革命的前一幕
(13)	张天翼　著	移　行
(14)	郑振铎　著	欧行日记
(15)	靳　以　著	虫　蚀
(16)	茅　盾　著	话匣子
(17)	巴　金　著	电
(18)	侍　桁　著	参差集
(19)	丰子恺　著	车箱社会
(20)	凌叔华　著	小哥儿俩
(21)	沈起予　著	残　碑
(22)	巴　金　著	雾
(23)	周作人　著	苦竹杂记　（暂缺）